徳間文庫

問答無用

孤影の誓い

稲葉稔

徳間書店

目次

第一章　陰謀

一

それは夏の日射しがやわらぎ、赤とんぼが舞い、ひぐらしの声がわきたつ夕暮れのことだった。

関口勘右衛門《せきぐちかんえもん》は供の侍を玄関に待たせると、

「父上、父上！」

大声で呼ばわって、廊下を進んだ。

土間奥から出てきた下女が何事だという顔をして立ち止まったが、勘右衛門は目もくれずに足早に奥座敷に向かった。

そこは本所・御竹蔵《おたけぐら》に近い武家地で、勘右衛門の父・甚之助《じんのすけ》の屋敷だった。

「何事だ？　静かにせぬか」

奥座敷の文机《ふづくえ》に向かって、俳句作りに呻吟《しんぎん》していた甚之助は、慌《あわ》てた様子でやってきた倅《せがれ》・勘右衛門に苦言を呈した。が、その目尻には嬉《うれ》しそうなしわが刻まれていた。

「相談があります」

挨拶《あいさつ》も抜きに、父親の前に腰をおろした勘右衛門は身を乗り出すようにしていった。

「相談……」

甚之助は手にしていた筆を置き、代わりに煙管《キセル》を手にして、煙草盆《たばこぼん》を引き寄せた。

「内密な種が耳に入ったのでございます」

勘右衛門が声をひそめたとき、下女が茶を運んできた。勘右衛門はそれを見るなり、

「茶などいらぬ。下がっておれ。それからしばらくこの座敷は人払いだ。他の者にもそう申せ。茶はそこに置いておけ」

いつになく強い口調でいうと、下女はおどおどして下がっていった。

「いったい何があったというのじゃ……」

甚之助はのんびりと煙管を吹かす。

「またとない出世の糸口が見つかったのでございます」

逸《はや》る心を抑えきれず、急ぎ足でやって来た勘右衛門の顔には汗がにじんでいた。だ

が、それをぬぐおうともせずにつづける。

「父上、よくお聞きくだされ」

「出世の糸口とはこれはまた聞き捨てならぬではないか。申せ」

「この一件、耳にいたしましたとき、同輩の目付に話をしようかと思ったのですが、すんでのところで思いとどまり、よくよく考えましたところ、またとない出世の機会にめぐりおうたと気づいたのです」

そこで喉《のど》の渇きを覚えた勘右衛門は、座敷口に置いてあった茶を取りに行き、ついでに手拭《てぬぐ》いで汗をおさえた。

「……出世なら十分にしておろうに」

甚之助はあくまでものんびりした口調でいうが、目は忙《せわ》しくやってきた倅の話に興味を示していた。隠居暮らしをはじめて間もない甚之助は、元は徒目付《かちめつけ》を務めあげた小旗本であった。しかし、倅の勘右衛門は親をしのぐ出世を果たし、何と三十三歳という若さで千石取りの目付に就任して間もない男だった。

親としては子の出世ほど嬉しいことはない。甚之助にとって、勘右衛門は自慢の息子以外の何ものでもない。甚之助の役料は百石であったが、倅はいまやその十倍の役料をもらうようになったのだ。

喉の渇きを癒《いや》し、汗をおさえた勘右衛門が、元の場に戻ってきた。その目は獲物を見つけた鷹《たか》のごとく、きらきらと輝いていた。

「ともかく、慌てずにゆっくり話してみい」

「まだしかとたしかめたわけではないのですが、囚獄《しゅうごく》が不正をしているようなのです」

これはよほどのことであるから、勘右衛門はさらに声をひそめた。

「囚獄……牢屋奉行《ろうやぶぎょう》・石出帯刀《いしでたてわき》様ということか……」

「いかにもさようで。よいですか父上、もし、その囚獄の不正を暴くことができたらどうなると思われます」

勘右衛門はまばたきもせず、父・甚之助を見つめる。

表でひぐらしが鳴いている。

「まことに牢屋奉行ともあろうお方が、不正を……」

驚きに目を瞠《みは》る甚之助に、勘右衛門はつづけた。

「聞いたところによると、囚獄は牢に預かった囚人の何人かを公儀《こうぎ》に無断で釈放いたし、その囚人を自分の手駒のように扱い、本来われら目付や町奉行所、あるいは火盗改めの領分である仕事を勝手に始末しているというのです」

「……囚《とら》われの身である罪人を解き放ち、手先にしていると、そういうことか」

よくよくの話だと気づいたらしく、甚之助は煙管の灰を落として、真顔になった。

「いかにもさようで。それも軽い咎《とが》を受けた者でなく、本来なら死をもって罪を贖《あがな》わなければならぬ者を放免しているというのです」

「それは面妖な話だな」

「いかにも面妖なことですが、もし、それがまことであれば、囚獄は自分の職権を濫《らん》用《よう》していることになります。いわんや公儀の取り決めに背《そむ》いていることと同じです」

「ふむ……たしかにそうなるであろうが……」

甚之助は腕を組んで視線を宙に泳がせた。

「して、その種はどこから拾ってきた？」

「牢屋敷内で雑用を務めている下男《しもおとこ》からのまことしやかな話でございます。さらに、年始めのことですが、徒組《かちぐみ》において浜西吉左衛門《はまにしきちざえもん》という番士が、同じ番士の佐久間音《さくまおと》次郎《じろう》に斬られるということがございました。佐久間は殺しの廉《かど》で死罪を申し渡され、牢送りになったのですが、殺された浜西の父・吉右衛門《きちえもん》が、佐久間が牢から野に放たれ生きているという話をしていたそうなのです」

「まことに……。すると、囚獄はその佐久間を使って、公儀に無断の仕事をさせているというのか……」

「父上……」

勘右衛門はさらに声を低めた。

「よいですか、もしこの不正を暴くことができたら、わたしの出世はおそらくとどまることを知らぬでしょう。前代未聞の幕府内の不祥事を暴くのですから……」

勘右衛門の胸は興奮のために高鳴っていた。

「しかし……」

声を途切れさせて、甚之助は倅・勘右衛門を見つめる。

「しかし、何でございましょう?」

「まさか、不正を暴いて牢屋奉行に補されたいというのではあるまいな」

勘右衛門は甚之助を見ながら、頰《ほお》に笑みを浮かべ、ふふふと、小さく笑った。

「……まさか、そのようなことは考えもいたしませんで。牢屋奉行はたかだか三百俵十人扶持《ぶち》ですよ。わたしの役高には遠く及ばぬお役目。そりゃあ、代々世襲できるという旨味はありましょうが、所詮《しょせん》町奉行の配下で囚人を扱う卑しめ仕事。まさか、まさか……」

首を振って、再度短く笑いを漏らした勘右衛門は、急に表情を引き締めた。

「しかし父上、もし、囚獄の不正が事実であり、これを暴くことができれば、異例の出世の好機。さらなる親孝行ができるというものです。そこで、折り入っての相談は、父上にこの不正を暴くための調べを手伝ってもらいたいのです。いや、目付であるわたしの力で配下の者を動かすこともできるのですが、そこは考えもの……」

この調べは内密にやらなければならない。もし、下の者を動かせば、どこかで漏れる恐れがある。勘右衛門は若くして目付に就任したばかりで、周囲のやっかみとひがみを受けていることを知っている。下手をすれば足をすくわれかねない。

それゆえに、絶対的に信頼のおける父親を頼ろうとしているのだった。それに、甚之助は隠居したとはいえ、徒目付を務めあげた男だ。その筋の調べや探索のやり方を熟知している。

「ひそかな調べをするには金がかかるぞ」

さすが父子。この辺のことは以心伝心で、甚之助は勘右衛門のいわんとすることをすぐさま理解してくれた。

「入り用の金など心配無用です。存分に用立ていたします。もし、不正が事実とわかれば、町奉行や勘定奉行の地位にも手が届こうというものです」

勘右衛門はさも楽しげな、将来を期待する目になって父親を見た。

老中や若年寄などの幕閣にはなれずとも、幕府内でもっとも重職とされている三奉行の町奉行と勘定奉行への出世の道はある。寺社奉行だけは、大名から選ばれるので小禄《しょうろく》の旗本への道は閉ざされていた。

「おまえの思いはわかった。これは、事実がわかるまでは、おまえの名はかまえて他言はいたさぬ」

「念には及ばないでしょうが、必ずや裏付けを取ることをお忘れなく」

「いわれるまでもない」

「それじゃ父上、引き受けてくださるのですね」

「おまえのためだ。是非もなかろう……」

「ひらにお願いいたします」

勘右衛門は深々と頭を下げた。

二

関口親子が密談をかわしてから二月ほどたった。

すでに秋は深まり、すだく虫の声も日々少なくなっている。

代わりに野山の紅葉がはじまり、佐久間音次郎の住まい裏の雑木林も赤や黄が目立つようになっていた。

暦のうえでは九月上旬だが、現代なら十月中旬といったところだ。

その日、音次郎は近くにあるおいてけ堀で釣りをし、大きな鯉《こい》と鮒《ふな》を合わせて十数匹釣り上げた。もっとも持ち帰ったのは鯉二匹だけで、あとは池に戻していた。

家には音次郎ときぬしかいないので、それで十分なのだ。本来なら近隣の者に分け与えてもよいのだが、そうはできぬ事情があった。

音次郎だけでなく同じ屋根の下で暮らすきぬも、もとは死罪を申し渡され、小伝馬《こでんま》町の牢屋敷に入っていた囚人であった。

ところが、音次郎の剣の腕と、徒組にいたころの人望が認められ、囚獄・石出帯刀の特別なはからいによって自由の身となっていた。自由とはいっても、それは世間に知られてはいけないことなので、人目を避《さ》けるような窮屈《きゅうくつ》な暮らしである。しかし、それにもだんだん慣れてきているし、暮らしに不便を感じることもなかった。

もちろん、そういう暮らしには代償がある。

囚獄の密命が下されれば、身を賭《と》して、それこそ一命をなげうつほどの危険な役目につかねばならない。

その世話をするのが、もはや夫婦同然の暮らしをするようになったきぬだ。彼女も、本来は囚人になるような悪さをしたわけではない。雇い主を殺したという殺人の罪であったが、それはあくまでも過失だった。しかし、その過失を証明する証拠を揃《そろ》えることができず、泣く泣く死罪を申し受け牢送りになっていたのだ。

ともかく二人は囚獄の恩情に与《あずか》ることで牢を出、同じ屋根の下で暮らしている。

きぬが戻ってきたのは、座敷に西日が射しはじめた夕暮れだった。ただ、いつものように庭からではなく、裏の雑木林につながる勝手口から、

「旦那さん」

と、転がるようにして入ってきた。息をあえがせ、汗をかいていた。

「いかがした？」

「誰かわかりませんけど、尾《つ》けられたのです」

きぬは切れ長の目を瞠っていう。色白の頰が桜色に上気していた。

「尾けられた……？」

「はい、編笠を被《かぶ》ったお侍です。気のせいだろうと思っていたんですけど、いつまでも尾けてくるので、柳原《やなぎはら》町で振り切って、そのまま駆けてきたんです」

「相手の顔は見たか？」

きぬは怖くてそんなことはできなかったという。

「相手はひとりだったのか？　それとも、もっと……」

「それもわかりません。ただ、捕まるのが怖くてしようがありませんでしたから」

居間にいた音次郎は土間に下りると、そのまま庭に出て、町屋につづく一本道に目を凝《こ》らした。日暮れた道には、人の影はなく、夕靄《ゆうもや》が漂いはじめていた。周囲にも視線をめぐらしたが、あやしげな影はなかった。

きぬはうまく逃げてきたのだろうが、どうにも解《げ》せないことだった。きぬをつけ狙うような者はいないはずだし、自分を敵視していた浜西晋一郎《はまにししんいちろう》との話し合いもついている。単なる変質者だったのかもしれない。

「不審な者はおらぬ。案ずることはなかろう」

「でも……」

きぬは不安げな顔をしていたが、

「おまえは若くて見目のいい女だ。一目見て声をかけたくなっただけの助兵衛《すけべえ》侍だったのかもしれぬ。器量よしは困るな」

音次郎は、ははは と、安心させるように笑ってやった。

「まったく旦那さんたら、人のことだと思って……」

口を尖《とが》らせ、ぷっと頬をふくらませたきぬからは、最前の怯《おび》えは消えていた。

「ともかく、外出《そとで》したときには気をつけることだ。それより、今日は大きな獲物がかかったぞ」

音次郎は台所の盥《たらい》まで行って、

「ほれ、このとおりだ」

よく肥えた鯉をつかみだして見せた。

「今夜は洗いにして食おう」

「旦那さんが下ろします？　それともわたしが……」

「わたしにまかせておけ」

「それじゃ、わたしは他の肴《さかな》を用意します」

微笑《ほほえ》んで応じたきぬは、早速支度《したく》にかかった。

いつものように仲むつまじい二人ではあるが、不審な男の尾行は、きぬだけに起きたのではなかった。

三

それは三日後のことだった。

その日は朝から雨が降っていた。

音次郎は何をするともなく縁側に座って、ぼんやりと雨の景色を眺めていた。

ここしばらく囚獄からの密命が下されていない。その分ゆっくりできるのではあるが、沙汰《さた》がないと何となく気になる。また連絡役の吉蔵《よしぞう》も顔を見せていない。

「……ずいぶん降りますね」

居間で繕《つくろ》い物をしていたきぬが声をかけてきた。

「うむ、よく降る」

「今日は重陽《ちょうよう》の節句です。菊酒をと思っていたのですが、これじゃ菊の花も散ってしまいましょう」

「そうか重陽の節句であったか……」

音次郎は雨を降らす空を仰《あお》いだ。

九月九日——重陽の節句。この日、高いところに登り、菊の花を散らした酒を飲めば、禍《わざわい》が消えるといわれていた。古来から伝わる公卿《くぎょう》らの行事のひとつであるが、このころになると庶民の家でも菊酒を飲んで厄払《やくばら》いをするようになっていた。

「旦那さん、そろそろ衣替《ころもが》えをなさったらいかがです」

音次郎はゆっくりきぬを振り返った。雨のせいで家のなかは薄暗い。故に行灯《あんどん》を点《とも》している。その明かりが、繕い物をするきぬの白い頬を染めていた。

「この雨がやんだらそうしよう。着替えたはいいが、濡《ぬ》れてはかなわぬ」

「あら、どちらかへお出かけ……」

「ぶらっと歩いてこようと思う」

「そうですね、たまには気晴らしをなさるのもよいと思います。でも、市中はどことなく落ち着きません」

きぬはいつになくおしゃべりだ。

「……おそらく神田祭《かんだまつり》が近づいているからでしょうね」

「ふむ、神田祭か……早いな、刻《とき》のたつのは……」

音次郎はもう一度空を仰ぎ、初めてきぬと会った来し方を思い浮かべた。もうずいぶん昔のような気がするが、よくよく考えてみると、まだ一年もたっていないのだ。

雨のせいで虫の声も鳥の声もやんでいる。屋根や庭木の葉をたたく雨の音がするだけだった。

しかし、その雨もしばらくすると小降りになった。雨雲が東のほうに流れてゆき、西の空にかすかな明かりが見えた。

……やみそうだ。

そう思った音次郎は、ゆっくり腰を上げた。

「外を歩いてこよう」

「でも、まだ雨が……」

針を動かす手を止めて、きぬが表に視線を投げた。

「じきにやむだろう。……すぐ戻ってくる」

音次郎は深編笠を持ち、傘をさして亀戸《かめいど》村の家を出た。一町も行けば南本所瓦町《みなみほんじょかわら》で、竪《たて》川沿いの河岸《かし》道に出る。

音次郎は河岸道を大川に向かって流し歩いた。目的があるわけではない。ただ、吉蔵がここしばらくやってこないことが気になっていた。囚獄からの沙汰がないというのは、それだけ凶悪な事件が起きていないということだろう。それはそれで、まことによいことなのだが、どうにも気になっている。

歩きながら囚獄・石出帯刀が自分にいった言葉を反芻《はんすう》した。

――おぬしの命この帯刀がもらい受けた。

――これより一度死んで生まれ変わったと思い、この帯刀に仕えよ。

そういった帯刀は、諸悪の根源となる極悪非道の輩《やから》を成敗《せいばい》しろと命じ、

――見つけ次第、問答無用に斬り捨ててかまわぬ。

そう断言したのだ。

以来、音次郎は密命を受けるたびに、非道の輩どもを成敗してきた。

いつしか、一ッ目之橋まで来ていた。雨はさらに小やみになっており、水溜まりが雲の隙間《すきま》から射してきた日の光を照り返していた。

音次郎は傘をたたみ、深編笠を被った。市中を歩くときは顔を見られないように気を遣う。死罪を申し渡され牢に入ったが、極秘裏に牢屋敷を出た人間である。気を遣うのは当然のことだった。

橋の近く、南本所元町《もと》に真砂亭《まさごてい》という小料理屋がある。いまは戸が閉じられ、暖簾《のれん》も下がっていないが、小体《こてい》な高級料理屋だ。音次郎はここで、何度か囚獄と密会し、密命を受けている。しっとり濡れた屋根瓦が弱い光をはじいている。

その後、音次郎は吾妻《あづま》橋を渡り、浅草から神田を抜け、両国広小路を流し歩いて永《えい》代《たい》橋を渡った。気になる女に出会ったのは、小名木《おなぎ》川に架かる万年《まんねん》橋の手前だった。

普段の日なら見過ごすところだったろうが、暇にまかせての外歩きなので、欄干《らんかん》にしがみつくようにして大川（隅田川）を眺め、ときどき橋下の川面を見つめる女のことを妙だと思った。

その目はなにかを思い詰めており、横顔には暗い翳《かげ》りがあった。旅装束ではない。お草鞋《わらじ》履《ば》きに脚絆《きゃはん》、着物を短めに端折《はしょ》り、葛籠《つづら》を背負っていた。おそらく大道芸人だと思われた。女は、またやるせなさそうに吐息《といき》をついて、遠くに視線を投げた。整った顔をしているが、かすかに日に焼けている。

音次郎は橋を渡りはじめた。と、女が急に振り返って歩きだしたものだから、思わずぶつかりそうになった。

「いや、失礼」

「…………」

女は無言で、深編笠のなかにある音次郎の顔をじっと見た。結んだ唇には赤い紅が塗ってあり、それがぬめるように光っていた。黒い瞳はすんでいる。年の頃、二十代半ばと思われるが、もう少し上かもしれない。

「お侍さん、どこかでお会いしたことありません？」

じっと音次郎を見ていた女はそんなことをいった。

「いや、ないと思うが……」

「なんだか会ったような気がするのですけど……」

「人違いであろう」

音次郎はそういってから、女の姿をあらためて眺めるように見た。

「芸人か？」

「軽業《かるわざ》をやっております」

女はひょいと肩をすくめた。

「他に生計《たつき》があればいいのですけれど、わたしには……」

そのものいいから、武家の出ではないかと思われた。

「なにか難儀でもいたしておるのか？」

女はか弱く首を振って、含羞《がんしゅう》のある憂《うれ》い顔を見せた。

「なかなかうまくゆかないので、自分の生きる道を探しているだけです」

「そうであるか……」

音次郎は無駄な立ち話を拒むように、そのまま歩き出した。

「お侍さん」

女に呼び止められて振り返った。今度は明るい笑顔を見せていた。

「今日は雨で仕事になりませんでしたけれど、いつも両国でやっておりますので、今度見においでください」

音次郎はうむと、うなずいて橋を渡った。

しばらく、橋の上で会った女の顔が脳裏《のうり》にちらついた。最後に見せた笑顔と、遠くを見ていた憂い顔には大きな落差があった。

生きる道を探しているといったが……。

音次郎は竪川に戻ると、来たときとは違う反対側の河岸道を辿《たど》って家路についた。雨上がりの曇り空なので、もう夜の気配だ。気の早い店は、提灯《ちょうちん》や行灯に火を入れている。

六間堀《ろっけんぼり》に架かる松井橋を渡って足を止めた。吉蔵と会う店がある。立ち寄ってみようと思い立ち、山城《やましろ》橋のそばまで行った。

件《くだん》の店は「名無し飯屋」と呼ばれており、看板も暖簾も出ていない。戸障子にかすれた字で○に飯と書いてあるだけだ。

店に入ろうと思ったが、そのとき誰かの視線を感じた。誰かわからない。こういったときは、気をつけなければならない。もし吉蔵なら、すぐに声をかけてくるはずだ。しかし、そうではない。

音次郎はそのまま名無し飯屋をやり過ごして歩いた。本所松井町二丁目から本所林町一丁目に入る。やはり、誰かに尾けられている。

音次郎は気づかぬふりをして歩いた。本所徳右衛門《とくえもん》町に入ったとき、背後から迫ってくる尾行者の足音が高くなった。

襲われる……。

そんな胸騒ぎを覚えた。

逃げるか立ち合うか、しばし躊躇《ためら》った音次郎だったが、逃げるように足を速めた。

四

「もし、待たれよ」

声をかけられたのは、四ツ目之橋手前の火除地《ひよけち》そばだった。すでに宵闇が迫っており、あたりは薄暗い。

音次郎は警戒しながら立ち止まって、振り返った。

声をかけた男は三十半ばで、油断のない目をしていた。音次郎は編笠のなかから男の風体を窺《うかが》い見る。小袖に平袴《ひらばかま》。腰に大小。

「何用でござる？」

「もしやお手前は、もとは幕臣ではなかろうか？」

男は探るように見てくる。

「いや、見てのとおりただの浪人でござる」

「下谷七軒町の酒井道場に通っておられたことは……」

男は一歩詰めて、深編笠に隠れている音次郎の顔を見ようとする。男が口にした道場には覚えがある。江戸において東軍流で一、二を競う名道場だった。音次郎はかつてその道場に通っていた時期があった。

だが、音次郎は表情ひとつ変えず、

「何故そんなことをお訊ねになる。拙者《せっしゃ》の与り知らぬことだ」

きっぱり白《しら》を切った。

「……これは人違いだったようだ。とんだご無礼をいたしました」

男は小さく叩頭《こうとう》したが、それでも猜疑《さいぎ》心の勝った目を向けてきた。音次郎は振り切るようにその場を離れた。

このまま家に戻るのはまずい。背中には男の視線を強く感じている。

音次郎は四ツ目之橋を渡ると、亀戸村の家とは違う道筋を辿った。

男の気配はいったん消えたが、北辻橋《きたつじ》の手前を右に折れて間もなく、またもや背後に男の気配を感じた。

右側には大名屋敷と、大身旗本屋敷の長塀。左は大横川だ。

後ろから来る男は、先日きぬを尾けた男なのか……？

しかし、何のために？

それにしても興味本位で尾けているとは思えない。男は明らかに、自分を疑っていた。自分の正体を知っている者なのか……。だが、音次郎には覚えがない。

ともかくしつこく尾けてくるには、何かの理由があるはずだが、関わりは避けたい。

しかし、相手はそれを許さなかった。長崎橋を右に折れてしばらく行ったとき、明らかに殺気を漂わせて肉薄してきたのだ。

通りの両側は大名屋敷で、しばらく辻番もない。道は南割下水《みなみわりげすい》の水路を真ん中に挟《はさ》むように東西に延びており、人の姿もない。

音次郎は気づかぬ体《てい》をよそおい歩きつづけたが、背後の男が刀を鞘走《さやばし》らせたとき、折り畳《たた》んでいた傘を振り返るなり、投げつけた。

ばさっ。

男は傘をまっぷたつに断った。そのとき、音次郎は刀を抜いて身構えていた。

「貴公の名を知りたい、申せ」

男は一言言うなり、ぬかるんだ地面を蹴《け》って、刀を横薙《よこな》ぎに払った。

「むっ……」

音次郎がうなったのは、男に斬るという気がないのを看て取ったからだ。相手はこっちの腕を試そうとしているだけである。しかし、油断はできない。命を取らずとも、怪我《けが》ぐらいさせてもやむを得ないと思っているはずだ。

いま、両者は青眼《せいがん》に構えて向かい合っていた。

音次郎はすり足で間合いを詰め、牽制《けんせい》の撃ち込みを試みた。青眼にしていた刀を下段に下げるなり、そのまま相手をすくい上げるように刀を振ったのだ。

男は間合いを外《はず》して下がった。

「おのれ、何故の所業だ」

「名を知りたいのだ」

「何のために？」

「捜している男がいる。貴公はその男に似ている」

「だから何のために捜す？」

「それはいえぬ」

「貴公の名は?」

音次郎は相手の間合いを外して聞いた。

「……いうわけにはまいらぬ」

「無礼にもほどがある」

吐き捨てるようにいった音次郎は、数歩後退した。それを見た相手が、追い込むように撃ち込んできた。電光石火の突きだった。

音次郎は半身をひねってかわすなり、相手の片腕を、本気で斬りにいった。無論殺す気でなく、怪我を負わせる程度の太刀《たち》筋だ。ところが、相手はそれを見事かわして、脇構えの体勢を素早く整えた。

「見たぞ。貴公は東軍流だな」

音次郎は眉間《みけん》にしわを彫った。しくじったかと、わずかに後悔した。だが、その表情の変化は、深編笠が邪魔をして相手には見えない。さらに心中のつぶやきも、相手には悟ることができない。

「……どういう了見なのかわからぬが、つぎは斬る」

音次郎がそういって相手をねめつけると、

「ふふ、今日のところはこれまでだ。失礼つかまつった」

男は、そういって数間下がるなり、くるりと背を向けて歩き去った。

音次郎は闇のなかに消えていく男の姿を見送りながら、男が口にした言葉を思い出し、何故こっちの腕を試すようなことをしたのかと考えたが、答えは出ない。ただ、自分のしくじりに唇を噛《か》んだ。

それは東軍流の極意を垣間《かいま》見せたからだ。東軍流は乱戦のなかで、敵を一撃必殺の技で倒すことを主眼とせず、相手の戦闘能力を奪うことを旨《むね》としている。

つまり、戦場で多数を相手にする場合は、深手を負わせることなく相手の指でも脚でもよいから傷つけるだけでよかった。人間はどんなに小さな傷でも、ただそれだけで普段の動きができなくなる。

音次郎が先ほど使った技のなかにそれがあったのだ。そして、男はそれが東軍流であるということを見破った。

だが、わからないのが、なぜ男が自分をつけ狙うようなことをしたかである。

知らず知らずのうちに興奮していた感情が静まると、深く息を吐き出して平常心に戻った。さらに、周囲に五感を働かせた。

きぬも尾けられたばかりである。なにか自分たちに思いもよらぬ事が起ころうとしている。そんな予感がふつふつと胸の内に湧き上がってきた。

五

「ずいぶん遅かったではありませんか……」

戸口に入るなり、きぬが駆けるようにやってきた。

「つい、遠出をしてしまってな」

自分が尾行を受け、腕を試されたことは黙っていた。

無用な心配はかけないほうがいい。

「遅いので、もしやよからぬことが起きたのではないかと、気が気でなかったのですよ」

「それは悪かった。つぎからは気をつけよう」

「お役目をいただいているときではないのですから……」

「うむ、わかっておる、わかっておる」

音次郎はなだめるようにいって、微笑《ほほえ》みかけてやった。

「ともかく夕餉《ゆうげ》を……」

ほっと、胸をなで下ろすようにいったきぬは、台所に戻った。すでに食事の支度は整っており、すぐに膳部《ぜんぶ》が用意された。鯉の洗いは自分で作るといっていたが、帰りが遅くなったので、きぬが見事にさばいていた。

縁の下で虫がすだいていた。その声もめっきり少なくなっている。

「こうやって向かい合い、飯を食っているときが何よりの幸せだな」

音次郎は鯉の煮付けを口に運び、手酌《てじゃく》で酒を飲んだ。

「ほんとにそう思います。それに……」

「それになんだい？」

「……わたしは旦那さんがそばにいるだけで安心です」

きぬは口ごもったあとでそういい、恥ずかしそうに顔をうつむけた。

「そうか……じつはな……」

「はい」

きぬは切れ長の目を丸くする。

「わたしもおまえがそばにいると安心するのだ」

「……嬉しゅうございます。でも、いつまでこんな暮らしを……」

そういうきぬの顔を、音次郎は長々と見つめた。向かい合った二人の影が、障子に映り込んでいる。

きぬが思うように、音次郎もこの暮らしがいつまでつづくのか、わからなかった。自分は密命を受けたら、その役目の途上で命を落とすことも考えられる。きぬはそのことを考えると、不安でしかたないのだろう。

また、いったん役目に出たら帰ってくるかどうかわからない音次郎を、ひとりで待つきぬのことを考えると、胸が詰まるような思いにもなる。

「きぬ、こうして二人でいられるときだけでも、大事にしようではないか。本来なら二人とも、この世にいない人間なのだからな」

「……そうですね」

「あまり、悪いことばかり考えているときりがない。なるべく楽しいことを考えようではないか」

「はい、おっしゃるとおりだと思います」

「何かないか？」

きぬは真剣な顔になって考えはじめた。数えで二十二になるきぬと、音次郎は十歳ほど違うが、こんなときのきぬは無邪気な少女の面影《おもかげ》を残した顔になる。

「……おいてけ堀の釣りもそうですが、どこかにぎやかなところに行ってみたいです」

「ふむ」

「人が多いところはなるべく避けたほうがいいというのはわかっておりますが、人が多いからこそ、人目につかないこともあるのではないでしょうか……」

「たしかにそんなこともあろう。……だが、きぬが行きたいのはどこだ？　奥山か、それとも両国広小路あたりか？」

そういって、今日、万年橋の上で会った女軽業師の顔を思い浮かべた。

「生姜市《しょうがいち》はいかがでしょう」

きぬの声で、女軽業師の顔が消えた。

「なるほど、生姜市か……」

毎年九月十一日から二十一日まで、芝神明宮《しばしんめいぐう》で行われる祭りがあり、いろんな見世が出るが、なかでも生姜が有名だった。そのことから生姜市と呼ばれるようになったようだ。

「よいだろう。生姜市は明後日からだ。初日に出向いてみるか」

そういってやると、きぬの顔がぱあっと明るくなった。

「本当ですよ」

「ああ、約束だ」

音次郎が酒をあおると、きぬがさっと東のほうを向き、胸の前で手を合わせて願掛けをはじめた。

「どうか明後日は天気でありますように。どうか旦那さんにお役目が来ませんように。どうか、どうかお願いします」

音次郎は微苦笑を浮かべて、きぬを眺めた。

その夜、床に入ってもなかなか眠りにつくことができなかった。

音次郎は闇のなかで、目を開けたまま天井を凝視していた。

きぬを尾けた男。そして今日、自分の腕を試しに来た男。

男は同一人物なのか？　また、その目的は何なのだ？　さらに、囚獄からの沙汰がなかなか来ないことも気になっている。吉蔵もこのところ顔を見せていない。

「旦那さん、起きているんですか？」

きぬがかすれた声で聞いてきた。

頭を横に動かして見ると、

「わたしも今夜は、なぜか眠れません」

きぬは心許《こころもと》ない声でいう。

おそらく、得体の知れない男に尾けられたことが、頭から消えないのだろう。さらには、この先のことも不安でたまらないに違いない。きぬは口にこそ出さないが、ひそかに遠くに逃げたいと思っているはずだ。

そのことを、音次郎はときどき感じることがあった。それはつまるところ、自分にもいえるからだ。もちろん、囚獄に対する恩義と、下される役目を果たさなければならないという使命感があるので、逃げるわけにはいかない。

「……旦那さん」

「なんだ？」

「そっちに……よいですか？」

音次郎は闇のなかできぬを見つめて、

「来るがよい」

そういって、自分の夜具にきぬを引き込んだ。

きぬが胸に頬をつけて、しがみついてくる。

「何だか心細い。こうしていないと、怖くて……」

「わたしがいるではないか」

「……はい」

音次郎は強く抱きしめてやった。

着瘦《きや》せするきぬは見た目と違い、凝脂《ぎょうし》がみなぎっている。腰は柳のようにくびれ、臀部《でんぶ》の肉置《ししお》きもよく、乳房は豊かで、その肌は磁器のようにすべらかである。

勃然《ぼつぜん》と音次郎に欲求がわいた。いつ、生き別れるか、いつ離れ離れになるのかわからない二人である。

いまのこの刻《とき》を大事にしたい――。

音次郎は男としての強い欲求につき動かされながらも、きぬを大切にしたいという思いで、愛おしむように愛撫《あいぶ》をした。きぬも思いは同じなのか、それとも恐怖や不安を忘れたいのか、音次郎の要求に挑むように応えるのだった。

六

本所の関口家の奥座敷で、当主の甚之助と長子の勘右衛門が膝《ひざ》を詰めるようにして話し合っていた。

「元御徒《おかち》衆《しゅう》であったことや、佐久間の名はたしかめさせなかったのですか?」

勘右衛門の片頬に百目《ひゃくめ》蠟燭《ろうそく》の明かりが、てらてらとあたっている。

「ここ二月ほど、それは念には念を入れて調べてきたのだ。下手はできまい」

「しかし、そこまでわかっているのですから……」

「いやいや、待て待て」

甚之助は手を上げて制し、老獪《ろうかい》な目に針のような光を宿した。

「これまでの調べを水泡に帰したくないのだ。もし、相手の名を口にし、元御徒衆だったのではないかと訊《たず》ねたとすれば、先方も馬鹿ではない。それと気づくはずだ。さらには、囚獄がそのことを知ったとなれば、先に手を打つのは必定《ひつじょう》。わからぬか……」

勘右衛門は父・甚之助の目をじっと見た。

さすがこの辺は年の功であろうし、永年徒目付を務めてきた父である。勘右衛門は自分の浅慮《せんりょ》を思い知り、やはり父に相談したのは間違っていなかったと思った。

「しかし、父上の手先が調べた者は、佐久間に相違ないのですね」

「いや、それは……」

甚之助は乗り出していた身を静かに引くと、ゆっくりした所作で煙管に火をつけて吹かした。吐き出される紫煙が二人の間を細い雲のようにたゆたい、唐紙の隙間から吹き込む風にかき乱されて散った。

「それは何でございましょう？」

「うむ。ここまで来たからには……」

「来たからには？」

勘右衛門はひと膝進めて、父親の顔を食い入るように見る。

「彼《か》の者が佐久間であるかどうか、引っ捕らえ口を割らせてもよい」

「捕らえるとなれば、それ相応の支度をせねばなりませぬ」

「そもそもこの件は公《おおやけ》にはできぬこと。どこか場所を設けねばなるまい。そこで佐久間だということが判明した暁《あかつき》に、おまえの手に委ねればよいことではないか」

「……なるほど」

勘右衛門は乗り出していた身を引いて、自分の膝を扇子《せんす》でたたいた。だが、すぐに目を細めて、

「しかし、父上。間違いであったときはどういたされます。彼の者は東軍流のかなりの使い手だという調べではありませんか、なまなかではいかぬでしょうし、捕らえるにしても腕が立つのであれば、手勢を整えるか、あるいはそれなりに腕の立つ者をつけなければなりませぬ」

「わかっておる。……だが、手勢を仕立てるにしてもあまり大仰《おおぎょう》にはできぬ。仕立

てるなら四、五人、いや六、七人がせいぜいであろう。あまり、大袈裟《おおげさ》にはできまい」

「ふむ……」

勘右衛門は宙の一点を凝視して、考えをめぐらした。表から小さな虫の声が聞こえてくるが、それは深まった秋ゆえにもの悲しく感じられた。

勘右衛門が夏の終わりに、父・甚之助に相談した一件は、期待通りに調べが進められていた。そして、ようやく囚獄が野に放った囚人が、噂どおり元御徒衆十一番組の番士・佐久間音次郎ではないかということがわかった。

しかし、情報には曖昧《あいまい》な部分もあり、確信を得たわけではない。

「父上が使った手先に、御徒衆であったことや、佐久間の名を聞かせなかったことは、賢明なことであったでしょう。そのことにつきましては、このわたし勘右衛門も異存はありません。しかし、東軍流の遣い手であるとわかった以上、その男が佐久間であると、思ってもよいのではございませんか」

「ふむ、そうではあるが……」

「それにそやつには女がいる節があるとおっしゃいましたね」

「うむ、佐久間らしき男に付き従う女が、竪川沿いの町屋で何度か見られている」

「そうは思えないそうだ。幾人かの話をまとめると、夫婦《めおと》のように見えるそうな……」

「下女でしょうか？」

「夫婦のように……」

「いかにも、そのように見えたという」

「おかしいですね。牢屋敷を出て妻女をもらったということでしょうか？　そんなことができますでしょうか？」

「何も祝言《しゅうげん》を挙げなければならぬのが夫婦ではない」

「しかし、もし佐久間が囚獄の指図《さしず》を受けて動く刺客ならば、女は足手まといになるのではございませんか」

「平生《へいぜい》の世話を焼くための女かもしれぬ」

「……ふむ、それはあるかもしれませんが、すると女は佐久間の正体を知らないということになりましょう」

「そうであらねばならぬだろうな」

「父上、先にその女を捕まえて、彼の者が佐久間であるかどうか調べてみてはいかがでしょう」

「女は偽《にせ》の名を聞かされているかもしれぬ。だとすれば、無駄にはなるまいか……」

「無駄でもここは……」

「そうだな」

甚之助はそう応じて、季節外れの蛾《が》が止まった欄間《らんま》を見つめた。

「何か引っかかることでも……」

「うむ。女がいなくなれば、彼の者は慌てるであろうが、もし佐久間であれば、先に男のほうを捕らえたがよいのではないだろうか……」

勘右衛門はしばらく沈思《ちんし》に耽《ふけ》った。慎重にことを進めたい父の考えはよくわかるが、少しじれったい。

「父上、その男の住まいはわかっていないのですね」

勘右衛門は顔を上げていった。

「おそらく本所界隈《かいわい》であろうが、まだわかってはおらぬ」

「しからば、その住まいを先に突き止めましょう。家さえわかれば、そこに乗り込んで調べればすむことです。いいわけは何とでもつきましょう」

「それは前々から考えていることだ」

「ならばそうしたほうがよいではありませんか」

「……うむ、うむ」

甚之助は短くうなってから言葉を継いだ。

「明日から手先を竪川沿いの町屋につけさせることにいたそう」

「念には及びませぬでしょうが、手練《てだ》れの者はいるのですね」

「三人ほどいる。これらはかなりの強者《こわもの》だ。たとえ、佐久間と斬り結んでも負けはしまい」

「殺してはなりませぬぞ、父上」

「わかっておる。わかっておる」

甚之助の返答を聞いた勘右衛門は、用意の朱袱紗《ふくさ》を差し出した。なかには切り餅《もち》（二十五両）が二つ入れられている。勘右衛門はいまや役高千石の目付。その他に役得の心付けも入ってくる。五十両はたいした金高ではなかった。

「足りなければ、また都合します」

「いや、当面の仕事には十分だ」

甚之助は片頬に笑みを浮かべて、切り餅を包んだ袱紗を引き寄せた。

七

すぐれぬ天気ではあったが、その日、音次郎ときぬは揃って亀戸村の家を出た。音次郎は例によって深編笠を、きぬは一文字笠を被っていた。

向かうのは芝神明宮である。

音次郎はこの日にかぎって竪川に出ると、大川方面に向かわず、逆に江戸外れのほうに進んだ。舟を仕立てるには、そうしないほうが便利だが、この辺は音次郎の用心深さで、五ツ目の渡し場に向かったのである。

この渡し場で舟を仕立てたことで、関口甚之助が手配りをしていた者の目を誤魔化《ごまか》すことになった。もちろん、そんな見張りが竪川沿いの町屋に配られていることなど、二人には思いもよらぬことだった。

船頭の操る猪牙《ちょき》は急ぐでもなくゆっくりと、竪川を大川に向かい、それから中洲を横目に見やり行徳川へと進んだ。この先から芝までは幾通りかの経路があるが、音次郎は船頭にまかせた。

「天気がもう少しよければよかったですね」

音次郎に寄り添うように座っているきぬは、曇天を見上げていう。岸辺から見れば、仲のよい夫婦に見えるに違いなかった。

「こういう日も、また一興だ。雨にたたられなければ、それはそれでよい」

音次郎は深編笠のなかでやさしい笑みを浮かべて、きぬを見る。

「そうですね」

きぬが楽しそうに微笑んだ。

船頭は行徳河岸から日本橋川へ進み、楓川《もみじ》という経路を取った。

「旦那さん、今日は千木《ちぎ》を買いましょう」

「うむ、やはり女は誰しも思うことは同じようだな」

「いけませんか？」

「いや、よい、よい。わたしが買ってやろう」

「嬉しい」

生姜市には藤の絵を描いた千木箱が売られている。女性がこれを簞笥《たんす》のなかに納めると、着物が増えるといういわれがあった。いつの世も女はお洒落《しゃれ》に目がないものだ。

音次郎は芝口橋のそばで、舟を岸につけさせて、そのまま船頭を帰した。あとはのんびり歩いていけばよい。

辿る往還は、つまるところ東海道で、両脇には商家が軒《のき》をつらねている。

曇り空にはときおり晴れ間も見え、光の束が地上に射した。

芝神明宮は、正式には飯倉《いいぐら》神明宮と称するが、土地の者は「芝明神」と略している。

増上寺《ぞうじょうじ》大門《だいもん》脇にあり、二人が往還から参道に入ると、そこは人で溢《あふ》れかえっていた。

呼び込みの声は引きも切らず、神楽《かぐら》や囃子《はやし》の音が曇り空に響き渡り、「飯倉天神宮御祭禮」と染め抜かれた何本もの幟《のぼり》が、秋風にそよいでいた。

「すごいお祭り。旦那さん、久しぶりですよ。こんな人込みのなかに来たのは……」

屋台見世の商品に目を輝かせるきぬは、いつになく楽しそうである。千木箱、生姜はもちろんのこと、参道脇の見世には臼《うす》・杵《きね》・大鉢なども並んでいる。菓子屋があれば、餅屋もあるし、茶屋にも人が溢れている。

音次郎は楽しそうに境内の見世を歩いてまわるきぬを眺めて、連れてきてよかったと、心の底から思った。日頃の不安もときに恐怖に苛《さいな》まれる小心さも、このときばかりは忘れ、きぬは童心に返ったようになっていた。

そんなきぬを見る音次郎も嬉しく、またいつになく楽しい気分になった。

本堂でお参りをし、境内をぐるりとまわり、約束どおりきぬに千木箱を買ってやった。

「嬉しい、嬉しい。旦那さんに買ってもらった千木箱、大事に大事にしますからね」

きぬは花がほころぶような笑顔を見せて、千木箱を抱きしめた。

小腹が空いたので、二人は門前町で軽く蕎麦《そば》をすって、神明宮をあとにした。曇っていた空はわずかに晴れ間を見せていたが、すでに日が傾きかけており、西の空が朱や黄金色に染められていた。

帰りは歩くことにし、二人は日本橋の大通りから両国広小路へ向かった。少し回り道になるが、たまには江戸の繁華の町を、きぬに見せてやりたいという音次郎の配慮だった。

よほどのことがないかぎり、きぬは亀戸の家から出ないし、出たとしても買い物は近所ですませている。半ば逼塞《ひっそく》した暮らしはやむを得ないことだが、たまにはこういう日があってもよいはずだった。

「お侍さん」

すぐそばで声をかけられたのは、大橋（両国橋）の手前だった。

「この前の方でしょう」

声が重ねられた。音次郎は深編笠のなかから声の主をたしかめ見た。先日万年橋の上で会った女軽業師だ。

「やはり、そうだ。同じような編笠だったから、そうではないかと思ったのです」

女は鼻の頭に小じわを作って微笑んだが、きぬに気づいて、少し硬い顔になった。

「お連れがあったのですね。失礼いたしました」

「いや、かまうことはない。仕事か……」

「もう終わるところです」

女は山吹色のたっつけ袴、緑地に赤い花を散らした小袖を着込み、襷《たすき》をかけていた。いかにも見世物芸人のなりだった。

「早仕舞だな」

「天気がすぐれない日は、商売も曇ります。かといってお天道様には文句はいえませんから、仕方のないことです」

「それはご苦労だ。今度見物させてもらうことにする」

「是非、いらしてくださいませ。……御新造《ごしんぞ》、いや奥様もごいっしょに」

女が辞儀をするのに、きぬも辞儀を返した。

「さっきの方、奥様ですって……」

大橋を渡りながら、きぬが嬉しそうに微笑む。

「そう見えたのだろう」

「……旦那さん、ご迷惑?」

音次郎は歩きながら、きぬを見つめた。

「……そんなことはない。もはや、夫婦も同じではないか」

笑みを浮かべたきぬは、しばらくしてから「よかった」と、小さくつぶやいた。

音次郎が気になる目を感じたのは、二ツ目之橋を過ぎた本所緑町のあたりだった。

「きぬ、気をつけて歩け」

「何か?」

音次郎の緊張した声に、きぬが硬い顔を振り向けた。

「よいから黙って歩け。誰かに見張られているような気がする」

単なる気のせいかもしれないが、さっき誰かの視線を感じたのだ。しかし、本所花町を過ぎ、北辻橋を渡ったころには感じなくなった。

錯覚か……。

五感を研《と》ぎすませていたが、もう何も感じない。

「きぬ、疲れたであろう」

「旦那さんも」

「帰ったら酒をつけてくれるか」

「もちろんでございます。肩も腰も揉《も》んで差しあげましょうよ」

きぬは軽口をたたいた。

「それじゃそうしてもらうか……」

旅所橋《たびしょ》を渡ったが、音次郎はまたもや誰かに見られているのではないかと感じた。今度は歩きながら、後ろを振り返り、周囲にも目を配った。だが、これといってあやしげな人影を見ることはなかった。

きぬといっしょだから気を張りすぎているのかもしれぬ。心中でつぶやく音次郎は、自宅につづく道に入った。

家に帰ると、楽な着流しに着替えてから、早速酒を口にした。

「……うまい」

最初の一口は何ともいえぬ。

一日の疲れが、それだけで抜けるような心持ちになる。

「肴はあり合わせになりますけど、かまいませんか？」

「何でもよい。贅沢《ぜいたく》はいわぬさ。きぬ、おまえも疲れているだろう。夕餉には手をかけることはないぞ」

音次郎が台所でこまめに立ち働くきぬを思いやっていった、そのときだった。

表戸が音もなく開かれ、

「邪魔をする」

と、見知らぬ男が入ってきた。

はっと音次郎が身構えると、今度は裏の勝手口も勢いよく開き、黒装束に身を包んだ男が入ってきた。

「旦那さん！」

きぬの声で、音次郎は刀掛けの刀に飛びついた。

第二章　女軽業師

一

音次郎が刀を手にしたとき、家のなかには五人の男たちが入っていた。きぬはひとりの男に捕まり、首に片腕をまわされていた。

「騒ぐなッ！」

「何やつだ？」

音次郎が目を光らせていえば、

「名乗るほどの者ではない。ただ、おとなしくしておればよいだけのことだ」

と、頭らしき男が框《かまち》に片足をかけて居間にあがった。

その声を聞いた音次郎は、先日、自分を尾行し、闇討ちをかけてきた男だとわかった。男は腰の刀に手をかけてはいるが、抜いてはいない。頭巾《ずきん》のなかにある双眸《そうぼう》を光らせ、じっと音次郎を凝視した。

「何用だ？」

音次郎は片膝立ちのまま男をにらみ上げる。手は刀の柄《つか》を握っており、いつでも抜ける。だが、捕まっているきぬを見ると、下手に動かないほうがよさそうだ。

頭らしき男が、一歩詰め寄ってきた。草鞋履きのままだ。

「先日の者だな」

「何のことだ？」

男は白を切って、言葉を継いだ。

「いくつか訊ねたいことがある。正直に答えてくれれば、何もせぬ。だが、嘘《うそ》を申すようなことがあったら」

男はそういって片手を、さっと振り上げた。

きぬをつかんでいた男が、脇差しをきぬの喉にあてた。とたん、きぬの顔が恐怖に引きつった。

「……嘘を申せば、女の命はないと思え」

「何を聞きたい？」

「まずは貴公の名を教えてもらおうか……」

　土間に控えていた三人の男が、居間に上がってきて音次郎を取り巻くように囲んだ。それから新たに二人の男が戸口に現れた。相手は全部で七人。

「名は？」

　再度、男が聞いた。

　やはりそうかと思った。先日自分を試した男だ。同じ問いかけをする。しかし、何のためなのか、音次郎にはぴんと来ない。

「なぜ、いわぬ？」

　音次郎は頭らしき男の目をにらんだままだ。

「名を知ってどうする？　その前に貴様の名を聞かせてもらおうか」

「久保三郎助《くぼさぶろうすけ》。名乗ったからには貴公の名も聞かせてもらおうか」

　音次郎は考えた。本名は名乗らないほうがいい。

「木崎《きさき》だ」

　久保の片眉がぴくっと動き、きぬを見た。

　きぬは顔面蒼白のまま、ぶるぶる震えている。

「木崎なんと申す？」

久保が視線を戻して聞く。

「木崎又右衛門《またえもん》」

「……本当か……？　それじゃ女の名は？」

音次郎はこれも偽名を使うべきだと思った。久保から視線を外し、自分の気持ちを伝えようと、きぬの目を見つめた。

「おさちだ」

「おさち……」

久保の目が疑い深く細められ、それからきぬに注がれた。

「女、嘘を申せば命はないぞ」

きぬをつかんでいる男が、喉に突きつけている脇差しに力を込めた。

「ひっ……」

血の気をなくし、顔を紙のように白くしているきぬが短くうめいた。

「名をいえ」

「……さ、さちです」

久保に聞かれたきぬは、声を震わせた。

「本当だろうな」

きぬはつばを呑みながらうなずく。

「どうにも信用がおけぬ。女、もう一度聞く。素直に名をいうのだ」

久保が音次郎の前を離れ、きぬに近づいた。だが、音次郎は三人の男たちに囲まれたままだ。

「本当の名は？」

久保が自分の刀を抜いて、きぬの眉間に切っ先を向けた。

「だ、だからさちです」

「嘘ではないな」

「ほ、ほんとです」

「やつの名は？」

きぬはごくっとつばを飲んだ。すがるような目を音次郎に向ける。

「き、木崎……」

「なんだ？」

「ま、又兵……」

きぬが間違った。

その瞬間、音次郎は前に飛ぶように転がり、刀を抜いた。自分を取り囲んでいた男たちが慌てて刀を引き抜き、迫ってくる。土間にいた二人の男も音次郎に斬りかかってきた。

「野郎ッ！」

右から撃ちかかってきた男の刀を撥《は》ね上げた音次郎は、さらに横に飛んで転がった。障子が蹴破られ、襖《ふすま》が倒された。

「旦那さん！」

きぬの悲痛な声がしたが、音次郎はそっちを向いている余裕がなかった。

男たちはそれぞれ腕に覚えがあるようで油断がならなかった。道場剣法ではなく、こういう斬り合いの場に明らかに慣れている。

右から撃ち込んでくる男の足を払って、前にいる男めがけ刀を腰間からすくい上げたそのときだった。左脇から鋭い一撃が、音次郎の腕を襲った。

びしっ。

皮膚を切り裂かれる感触があり、その部分に熱い火照《ほて》りが走った。一瞬、左腕に力が入らなくなった。

音次郎は咄嗟《とっさ》に背後に下がると、そのまま雨戸を打ち破って外に飛び出した。

バリーンという盛大な音に、きぬの絶叫が重なった。

二

きぬを救いたいが、それができない。

庭に逃げた音次郎は、いま、四人の男を相手にしていた。四方を囲まれていて、逃げ場がない。星月夜ではない。ゆえに庭は濃い闇に支配されていた。

かろうじて家のなかからこぼれてくる燭台《しょくだい》の明かりが、夜目を利かせていた。

衝撃を受けた左腕の傷は浅い。おそらく相手の剣先がかすっただけだろう。

右の男がすり足を使って間合いを詰めてくる。背後からいままさに撃ちかかろうとしている気配もある。残り二人も油断がならず、音次郎は窮した。

しかし、ここで斬られるわけにはゆかない。

先に仕掛けてきたのは背後の男だった。音次郎は危機を察するやいなや、身をひねってかわし、男の刀を弾《はじ》き返した。

火花が飛び散り、刃の嚙み合うすさまじい音が耳朶《じだ》をたたいた。このとき音次郎は気づいたことがある。背後から撃ちかかってきた男が、刀の棟《むね》を返していたからだ。

つまり、この曲者《くせもの》らは自分をここで仕留めようと思っていないのだ。

なぜだ？

胸の内の疑問を消すように左から鋭い斬撃が飛んできた。これは棟を返していないが、一撃必殺の太刀筋ではなかった。

やはり、命を取ろうとしているのではない。だが、深手を負う危険もあるし、怪我をすれば男たちに取り押さえられるのは明白だ。

左からの一撃をかわした音次郎は、転瞬、地を蹴って高く舞い上がった。同時に退路を開くために、ひとりの男に遠慮のない一撃を見舞った。

かわされた。

着地するなり、ひとりが撃ち込んできた。隙を見た。

ずばーッ。

右足を大きく踏み出し、刀を横薙ぎに払った。十分な手応え。

「うげっ……」

脇腹を斬られた男が前のめりに倒れた。

音次郎はそれには目もくれず、つぎの攻撃と防御の構えを取った。

「退《ひ》けッ」

右にいた男が強く叱咤《しった》するようにいった。

三人がすすっと、後退し、それぞれ別の方角に逃げだした。一塊《ひとかたまり》にならず、散り散りになったのは追跡をかわすためだ。

音次郎は庭から表道に逃げた男を追った。ひとりでもいいから、捕らえてこの襲撃の意図を知りたかった。

逃げる男の影が闇のなかに見え隠れする。夜道がまわりの深い闇のなかに、白っぽく浮かんでいる。

音次郎は必死に駆けたが、逃げる男の足は驚くほど速い。一町ほど追うと、その姿が闇に溶け込むようにして消えた。

しばらく追ったが、もうどこにもその姿が見えない。立ち止まってあたりに目を凝らした。そばの木立が夜風に吹かれている。足許の畦道《あぜみち》から静かな虫の声。遠くの町屋から犬の遠吠《とおぼ》えが聞こえるだけだ。

肩を上下させ、息を整えながら、じっくりと周囲に注意の目を向けた。いない。まんまと逃げられた。

追跡をあきらめた音次郎は、今度は来た道を一目散に駆け戻った。きぬの絶叫がしたが、まさか斬られたのではないだろうな。いやな胸騒ぎがしてならない。

庭に駆け込むと、自分が倒した男がうめいていた。

一瞥《いちべつ》して家のなかに飛び込んだ。

誰もいない。きぬの姿もなかった。

「きぬ」

と、声をかけようとして、喉元でその声を呑み込んだ。

賊の仲間が残っているかもしれない。もし、そうなら不用心にきぬの名を呼んではいけない。音次郎は裏口から出て、あたりに目を凝らし、耳をすました。荒れている自分の呼吸をそうやって整えた。

虫の声と静かに林を吹き抜ける風の音……。

五感を研ぎすましたが、曲者たちの気配はすっかり消えていた。

額から頬をつたう汗をぬぐった音次郎は庭に戻った。脇腹を斬った男の背に腕をまわして支え上げた。男の呼吸は弱くなっていた。

頭巾を剥《は》ぎ取り、男の目をにらんだ。

「誰の差し金だ？　いえ」

男はか弱く首を振る。

「貴様の名は？」

なおも男は首を振る。

「いえ、いえば手当をして助けてやる」

「……そ、そんなことは……できぬ……」

「あきらめることはない。まだ間に合う」

「おれにはわかる。もう遅い」

音次郎は男をじっと見つめると、そのまま抱きあげて家のなかに運んだ。

「静かにしておれ」

男の体を横たえると、傷口を見て、盥《たらい》に水を汲《く》んできた。水で傷口を洗い、膏薬《こうやく》を塗ってやる。無駄だとわかっていた。だが、男の口を割らせるには無駄ではないはずだ。もっとも男に人間としての情が通じればの話ではあるが……。

男は不思議な顔をした。それにはかまわずに音次郎は手当を施《ほどこ》した。

「なぜ、こんなことを……」

男が声をあえがせた。

「貴様らにおれを殺す気はなかった。斬ったのははずみだ。おれも貴様を死なせたくない」

嘘ではなかった。だが、男の命が長くないというのはわかっていた。

「何故、おれのことを知りたい？」

「………」

「教えてくれぬか……。水がほしいか?」

男がうなずく。

音次郎は水を飲ませてやった。脇腹の傷を応急にふさいだので、出血が少なくなっていた。

「傷が痛むか?」

「……いや、さほど感じなくなった」

男の目から敵意が薄れている。

「まだ若いな。年は?」

「……二十五」

「名は?」

「清宮礼次郎《きよみやれいじろう》」

「いい名だ。誰の遣《つか》いか教えてくれぬか……?」

音次郎は静かに清宮を見つめた。

「聞いておらぬ。……ほんとだ」

目に嘘は感じられなかった。信じてよいかもしれない。その言葉を裏返せば、今夜の曲者を遣わした人物は、かなり周到な人間ということだ。

「さっき、貴様らを指図していた者は、久保三郎助といったが、偽の名ではなかろうな」

清宮は苦しそうに顔をゆがめた。もう死相があらわれている。

「何のためにこの家に来た。その目当ては何だ」

「……うっ」

急激な痛みに襲われたのか、清宮は驚いたように目を瞠《みは》った。

「しっかりしろ」

「……あ、あっ……」

清宮は短くうめくと、呼吸を激しくさせた。しかし、それは束の間のことで、今度は呼吸が弱々しくなった。目からも潮が引くように光が失われていった。

「おい、しっかりするんだ。清宮、清宮……」

「あ、あ……」

清宮は空気を欲しがるように口を開けた。もうその目に力はなかった。

「おい、しっかりしろ。女をどこに連れて行った？　おい、清宮……」

音次郎は声を呑んだ。清宮が息を引き取ったからだ。

清宮を静かにそのまま横たえると、目を閉じてやった。

それからさっと表の深い闇に目を向けるなり、音次郎は家を飛び出した。

三

家を出た音次郎は迷うことなく、町屋のほうに小走りに急いだ。賊はきぬを連れているが、人家の少ない村の奥に去ったとは思えなかった。

それに今日の夕暮れに河岸道で感じた人の目がある。賊はおそらく河岸道で張り込んでいたはずだ。だとすれば、町屋のほうから来たに違いない。

間もなく河岸道に出た。南本所瓦町と深川北松代町四丁目前の通りを眺め渡す。小料理屋の提灯と軒行灯の明かりが、河岸道にこぼれている。人影は少ない。

旅所橋のほうに目を向け、さらにそのずっと先にも視線を飛ばす。

きぬを拉致《らち》した賊は六人。人目につくような逃げ方はしないはずだ。賊のやり方には手際のよさがあった。

すると、駕籠《かご》か舟を使ったと考えていい。

音次郎は旅所橋まで歩いた。その東詰に駕籠屋がある。だが、店は閉まっていた。

普段、店の前の縁台で煙草を呑んでいる駕籠かきの姿もない。

橋を渡ってしばらく行ったところで夜鷹《よたか》に出会った。媚《こ》びた流し目をよこし、

「ねえ」

と、すり寄ってくる。目を合わせたからだ。

深川北松代町三丁目と二丁目の間だった。

「おまえさん、ずっとここに立っていたのか？」

白塗りの顔を隠すように頬被《ほおかむ》りしている夜鷹の目が、しばたたかれた。

「半刻ほど前からいるわよ」

「女を連れた六人ほどの男たちを見なかったか？」

夜鷹は小首をかしげて、

「見なかったけど、どうしてそんなことを？」

と、音次郎の袖をつかみ、身を寄せてくる。

「金はないのだ」

そういってやると、夜鷹は急に不機嫌そうな顔をして、

「なんだい、冷やかしかい……」

と、吐き捨てて離れてゆく。

くつろいでいるところを襲われたので、財布はなかった。着ているのも楽な着流しだ。

夜鷹に突き放された音次郎は、賊は舟を使ったのではないかと考えた。

その舟は前もって用意されていただろうが、念のために旅所橋と五ツ目之渡しの船宿に聞き込みをかけた。

「今夜は暇でして、舟は日が暮れてからは出ておりませんで……」

旅所橋の船宿でそういわれた。

五ツ目之渡しでも同じような言葉が返って来ただけだ。

やはり、賊は舟を用意していたと考えられる。それじゃ、その舟はどこにつけられていたか……？

音次郎は河岸道に立って考えながら、竪川に目を注いだ。舟は見えない。

西に行けば大川、東に行けば中川にぶつかる。

ゴーン。

時の鐘が夜空に広がった。これは本所入江町の横川筋に設けられている鐘で、宵《よい》五つ（午後八時）を告げていた。

「きぬ……」

遠くの闇を見つめてつぶやいた声は、冷え込んできた川風に攫《さら》われていった。

四

居間の床柱にもたれ、まんじりともせず夜を明かした音次郎は、鴉《からす》の声で腰を上げた。

朝靄の漂う表に出て、周囲の風景を眺めた。いつもと変わらぬ景色が広がっているだけだ。家のすぐそばにある泉に行き、透きとおった水をすくって喉を潤《うるお》し、顔を洗った。

水面に思い詰めた暗い顔が映っていた。無精髭《ぶしょうひげ》も生えている。

音次郎は脇差しを使って髭と月代《さかやき》を剃《そ》った。

そうすることで、沈んでいた自分の心を奮《ふる》い立たせることができた。卒然と立ち上がった音次郎は、東雲《しののめ》を赤くにじませる日の光を見て、

「我が命に代えても、きぬを救う」

と、誓った。

家に戻ると着替えをして、土間の筵《むしろ》に横たわらせていた清宮礼次郎の死体をあらた

めた。身許を証すようなものを期待したが、何も出てこなかった。大小も特徴あるものではなく、拵《こしら》えもありふれていた。

だが、何も目に留めるものがなかったわけではない。ひとつは財布のなかに入っていた小さな匂い袋だ。それはまだ新しく、ほのかな香りを放っていた。袋は金糸と銀糸を織り合わせたきらびやかなものだった。

そして、もうひとつ清宮の襦袢《じゅばん》の裏に縫い込みがあった。

――礼次郎　染《そめ》
音次郎はそれを食い入るように見た。どういう意味だと。

礼次郎は清宮の名である。が、染というのは……。

もしや、女の名ではなかろうかと、壁の一点を凝視して考えた。閉め切った雨戸の隙間から、光の筋が何本も走っていた。

表で鳴く鳥たちの声が高くなっていた。

もし、染というのが女であるなら、襦袢はその染が縫い上げたのではなかろうか。また、匂い袋も染が自分のことを忘れないように持たせた、あるいは清宮が染に贈ろうとしていたものかもしれない。

音次郎は匂い袋を懐《ふところ》にしまうと、清宮の死体を裏の雑木林に運び、浅い穴を掘って土をかけた。

それからまた家に戻ると、じっと耳をすましつづけた。

昨夜の賊は清宮が斬られたことは知っていても、生死はわからないはずだ。救いに来るかもしれない。そうでなくてももう一度、この家に探りをかけるかもしれない。

できれば、そうしてほしかった。そのときは、相手の首根っこを押さえてでも、きぬの居場所を突き止める。

賊は自分の名を知ろうとしていた。なぜだ？

これは昨夜から何度も考えたことだが、音次郎は賊の背後にはつかみきれない陰謀がうごめいているのではないかと思った。

そして、まっ先に浮かんだのが囚獄・石出帯刀の顔だった。

色白で端整な顔のなかにある怜悧《れいり》な目――。

囚獄は自分ときぬが十分な役目を果たしたと断を下した。そうすれば、自分たち二人は無用の人間であり、また囚獄にとって面倒な存在にもなる。もともと自分もきぬも死罪を受けて、すでに刑を執行されたことになっている。

そんな人間がいつまでも世の中にいれば、必ずやどこかで露見するだろう。囚獄はそれをもっとも恐れるに違いない。

その心配を解決する一番の方法は、一度死んだ身である自分ときぬを、今度こそほんとうに闇に葬ることだ。

現に囚獄からの沙汰はしばらくないし、連絡役の吉蔵も姿を見せていない。それはつまり、用がないからだろうが、縁を切るための時間稼ぎなのかもしれない。

しかし、もしそうであれば辻褄の合わないことがある。ひとつに自分の名をたしかめることも、身辺を嗅ぎまわるような面倒もいらないはずだ。もうひとつは自分の腕をたしかめるような無駄なことはしないということである。囚獄は自分が東軍流で、いかほどの腕前であるかをよく知っている。

すると、あの賊は囚獄の遣いではないということだ。それじゃいったい何者なのだ？

音次郎は来るかどうかわからない、昨夜の賊を待ちつづけながら頭をめぐらしつづけたが、考えれば、考えるほどわからない。しかし、囚獄の罠ではないかという疑念は、すぐに払うことはできなかった。

昼近くまで、音次郎は家で待機していたが、賊のやってくる気配はなかった。また、心の隅でかすかに期待していた吉蔵の訪問もなかった。

短い吐息をついて腰を上げた音次郎はそのまま家を出た。何としてでも、賊を追い、きぬを救出しなければならない。

空は音次郎の深刻な顔と違い、憎らしいほど青く澄みわたっていた。

五

関口甚之助が羽織袴姿で、浅草・新堀端《しんぼりばた》袋町にある浜西晋一郎の組屋敷を訪ねたのは、昼餉が終わったと思われる九つ半（午後一時）過ぎだった。

玄関に出てきたのは、浜西家の未亡人・弓《ゆみ》だった。鼻筋の通った楚々《そそ》とした女性で、言葉遣いにも所作にも品があった。

「それで亡き夫について何をお訊ねになりたいのでしょうか？」

客座敷に通された甚之助は、茶を差し出す弓を眺めた。

「つかぬことを耳にいたしまして、そのことをちとたしかめたいのです。いえ、わたしはすでに隠居の身でありますが、さる筋から加勢をしてくれぬかと頼まれておりましてな」

「それは御徒目付の方からということでございましょうか？」

甚之助は自分が徒目付を永年務めてきたことを話していた。

「それは、何ともいえぬ内密な調べのことなのでご勘弁願います」

甚之助が弓の問いかけをさらりとかわしたとき、

「ただいま帰りました」

という声が玄関にあった。それからすぐに、式台を上がった廊下に若い男が立った。

「これは当主の晋一郎でございます。晋一郎、こちらは関口甚之助様とおっしゃる方で、おまえ様のお父上のことで何やらお訊ねされたいことがあるそうな」

弓が紹介をして、晋一郎を座敷にいざなった。

「晋一郎でございます。お初にお目にかかります」

まだ若いが、家督を相続したというだけあり、しっかりした目をしていた。

「こちらこそ突然のご無礼をお許しいただきたい」

甚之助は丁寧に頭を下げ、あらためて自己紹介をし、用件を話した。

「元徒目付の方が、なぜそのようなことをお知りになりたいのです？」

晋一郎は澄んだ眼差しを向けてくる。

「さる筋から頼まれたことで、わたしにもその意図はしかとわからぬのですが、聞くだけ聞いておくべきだと思いましてな」

甚之助はゆるりと茶を含んだ。

「それでいかようなことを……？」

「あなたのお父上を殺《あや》めた佐久間音次郎という男のことです」

心なし晋一郎の目が厳しくなったように感じた。甚之助はつづけた。

「たしか裁きを受け死罪になったとお聞きしておりますが」

「……いかにも」

晋一郎は硬い表情で答えた。

「その佐久間なのですが、あなたのご祖父にあたる浜西吉右衛門《きちえもん》様が……いや、この秋にお亡くなりになったのは存じておりますが、その吉右衛門様が佐久間は死罪を受けずに生きておられると申されていたと、そう耳にいたしましてね。当然、亡き吉左《きちざ》衛門《えもん》様のご子息である、晋一郎様もご妻女の弓様もそのことをお聞きになっていると思ったのです」

「それは知っております」

答えるのは弓でなく、晋一郎だ。弓は甚之助の質問に対する受け答えを、いつの間にか息子にまかせたようだ。

「……牢屋敷からも刑を執行した旨の知らせを受けております」

「しかし、吉右衛門様はその通知を信用せず、市中において佐久間捜しをしておられたと聞いたのです」

「母上、わたしにも茶をいただけますか？」

晋一郎は間合いを外すように、甚之助の問いかけを無視して弓を見た。

「いま、淹《い》れてまいりましょう。関口様もお代わりを……」

弓は衣擦《きぬず》れの音をさせて、座敷を出ていった。それを見送った晋一郎が、甚之助に目を戻した。

「死罪を受け死んだとされる者を捜すのは、いかにも面妖なことです」

甚之助は晋一郎を真正面から見据《みす》えた。

「いかにもさようです。しかし、牢屋敷からの通知を無視するわけにはまいりません。わたし同様母も、そのことを厳粛に受け止めております。疑えば、牢屋奉行の、いいえ町奉行所の下した裁きにけちをつけることになりかねませぬ」

「そうでありましょう」

「……関口様は、なぜそのようなことを気にされるのです？　いや、誰のお指図で動いておられるのか存じませんが、わたしはその方の気が知れませぬ」

「じつは似たようなことがあるようなのです。ですから、その噂《うわさ》の真偽をたしかめなければならないということでございましょう。いえ、かくいうわたしも、何故こんな調べを頼まれるのか不思議に思っているのです。しかし、暇を持てあます隠居の身ですから、役に立つのであれば、まあ少しは動いてみようかと、そう思っているわけです。他意はございません。隠居者ゆえ、とんだ暇つぶしになるのも承知のうえでしてね。ははは……」

甚之助は自嘲《じちょう》の笑いを漏らしたが、晋一郎はにらむように見てくる。さらに、思わぬ言葉を投げつけてきた。

「不愉快極まりない」

「は……？」

甚之助は目を丸くして、口を半開きにした。

「不愉快だと申しておるのです。亡き父のことを、いらぬことでほじくり返そうとしているだけではございませんか」

「いえ、そのようなことは……」

「あります」

晋一郎はぴしゃりと遮《さえぎ》ってつづけた。

「祖父はたしかに関口様がおっしゃるようなことを申して、佐久間を捜したことがあります。しかし、やはりそれは間違いであったのです」

「祖父にとって、わたしの父上は、大事な嫡男《ちゃくなん》でした。親ゆえ、敵《かたき》を討ちたいと必死に思っておられました。しかし、それは所詮かなわぬことでした。相手は厳重な牢のなかにいたのですからね」

「しかし、刑が執り行われたあとで吉右衛門様が佐久間捜しをしておられたと……」

「関口様、お気はたしかですか?」

晋一郎の蔑《さげす》むような若い目つきに、甚之助はかすかな怒りを覚えた。だが、決して顔には表さなかった。はははと、その怒りを笑いで誤魔化して、

「あなたの申されたいことは、この年寄りもよくわかっております」

「ならば、無駄なことです。そうは思われませんか……?」

晋一郎は甚之助を小馬鹿にしたような目で見る。

「はは、そうですね」

甚之助はこの小僧がと、心中でつぶやいて、扇子を取りだした。

「あれは祖父の世迷《よま》い言《ごと》だったのです」

「世迷い言……」

そこへ茶を運んできた弓が、

「それは……」

「これこれ晋一郎、あまり失礼なことを申すのではありません」

と、たしなめるのへ、

「不愉快なのです。悲しみが癒《い》えようとしているときに、こんな話を持ちかけられることが、悔《くや》しいのです」

晋一郎は目に涙を浮かべそうになり、唇を強く噛んだ。

「ともかく関口様、祖父の戯言《ざれごと》を鵜《う》呑《の》みにされるのは勝手ですが、一家の大黒柱を失ったわたしどもには迷惑です。疑っておられるのなら、直《じか》に牢屋敷を訪ね、そのことをよくよくお調べになったらいかがです。そのほうが手っ取り早いではございませんか」

早口でまくし立てる晋一郎に、甚之助はたじたじとなった。

「いや、はや、たしかに仰《おお》せのとおりでございます。何度も申しますが、わたしは単に頼まれただけでございまして……いえ、失礼があったら、このとおりお詫《わ》びいたします」

甚之助は形ばかりだが、頭を下げた。こうなったら深入りは無用だ。この家を訪ねたのは誤算だったと臍《ほぞ》を噛んだ。

「それにしても、若いながらしっかりなさっておられる」

面を上げ、感心するようにいってやった。

「………」

「近くお役目につかれると耳にいたしましたが……」

「すでに見習いとして徒組に出仕しております」

「そうでございましたか、それは何よりです。いえ、今日はとんだご無礼をいたしました。それでは、わたしはこれにて失礼つかまつります」

甚之助が腰を上げようとすると、

「お待ちください」

晋一郎が呼び止めた。

「この件を誰に頼まれたのです?」

「それはさっきも申しましたとおり、内密なことでして、どうかご勘弁を」

甚之助はあくまでもやんわり断って立ち上がった。

六

きぬはどこに連れてこられたのか、皆目見当がつかなかった。

昨夜、家から連れ去られるとき、当て身を食らわされしばらく気を失っていた。意識を取り戻したのは舟のなかであったが、猿ぐつわを嚙まされ、目隠しをされていた。

そして、いまいる物置小屋に放り込まれているのだった。小屋は三畳ほどの広さで、古びた筵《むしろ》が敷かれている。隅にはこんもりした籾殻《もみがら》の小山があり、その横に崩れた藁《わら》束《たば》があった。入口は頑丈な戸板、まわりは土壁だった。天井には蜘蛛《くも》の巣があり、壁に壊れて使い物にならない籠《かご》と笊《ざる》がかけてあった。

入口の戸板の隙間から外の光が筋となって漏れ射している。

小屋に監禁されてからきぬは一睡もしていなかった。目をつむると、賊に囲まれた音次郎が刀を抜いて撃ちかかってゆき、反対に斬られそうになった光景がまざまざと瞼《まぶた》の裏に浮かび上がる。その乱闘の最中に、きぬは当て身を食わせられたのだった。

音次郎がどうなったのかわからない。

きぬは、胸の内で何度も「旦那さん、旦那さん」と、呼びかけていた。

それから強く唇を嚙み、戸板から射し込んでくる光の筋を見つめて、自分のしくじりを悔《く》いた。

音次郎は賊に名を聞かれたとき、「木崎又右衛門」と名乗った。それなのに、自分は又兵衛といい間違った。音次郎が動いたのはその瞬間だったので、賊たちが自分の間違いに気づいたのかどうかはわからない。

それでも不安は消し去れない。賊は音次郎のことを知りたがっていた。音次郎が偽名を名乗ったのは、危険を察知したからに他ならない。そして、自分のことも「おさち」と呼んだ。

これから自分は「おさち」と、名乗らなければならない。そして、音次郎のことを聞かれたら、木崎又右衛門といわなければならない。又兵衛ではない、又右衛門だ。

きぬは何度も同じ名前を頭のなかで繰り返した。

ときどき、表から百舌《もず》と鵯《ひよどり》の鳴き声がとぎれとぎれに聞こえてきた。人の声もたまにするが、それは小屋から離れたところで、よく聞き取れなかった。

戸板から射し込む光の筋で、いま何時ごろであるかおおよその見当はついた。そして、時刻を知らせる鐘の音が、朝から聞こえてこないことから、ここはおそらく市中から離れているところだろうと思った。

表に足音がした。それがだんだん近づいてくる。足音は二つ。

きぬは小屋の隅に逃げるように下がって、身を縮めた。息を殺し、目を瞠って入口の戸板を凝視する。留め金の外される音がして、戸が開けられた。一斉になだれ込んでくる明るい光に、きぬは目をそむけた。

「女、腹が減ったろう。飯だ」

ひとりの男が入ってきて、きぬの前に立った。もうひとりは入口に控えている。

入ってきた男が、しゃがんできぬの顎《あご》を持ち上げた。

片頬にいたぶるような笑みを浮かべ、

「なかなかいい女じゃねえか。……もったいねえ」

そういって唇を舐《な》めた。

「飯だ」

両膝を立て、両手で胸をかき合わせているきぬの前に、にぎり飯と水の入った竹筒が置かれた。

「おとなしくしてりゃ、悪いようにはしねえ」

男はきぬの頬を手のひらで、そろりと撫でて立ち上がった。

それから入口まで行って振り返り、

「あとで呼びに来る。飯を食っておけ」

それだけをいい残すと、去っていった。

戸が閉められ、また小屋のなかが薄暗くなった。きぬは男の足音が遠ざかってから、ほっと吐息をついて、膝許に置かれたにぎり飯を見た。そろりそろりと手を伸ばして、口に持っていった。

いつまでの命かわからないが、生きるためには食べなければならない。

にぎり飯を食べ終えて小半刻ばかりして、再びさっきの男がやってきた。

「女、来るんだ」

と、顎をしゃくった。

「帰してくださいませんか……」

か細い声で懇願するようにいったが、男は出るんだときぬの肩をつかんだ。

表に出たきぬはまわりの景色を眺めた。垣根の向こうに畑が広がっており、小高い丘や雑木林が見えるだけでどこかわからないが、江戸郊外であるのは間違いない。

庭を横切り藁葺《わらぶ》きの百姓屋に案内された。土間に入ると、板敷きの座敷に四人の男たちが思い思いに座っていた。

その奥の畳座敷にひとりの男がいた。顎のとがった面長の顔に、高い鼻梁《びりょう》があり、目は吊《つ》り上がったように鋭い。額の生《は》え際《ぎわ》に小豆《あずき》大の黒子《ほくろ》があった。

きぬはその男のいる奥座敷に上げられた。

肩をすくめ、体をすくませたまま男の前に座ると、

「おさちと申したな」

と、聞かれた。

きぬは小さくうなずいた。

「そう怖がることはない。何も手荒なことはしたくないのだ。こっちの聞くことに素直に答えてくれれば、それでいい」

男は両目をやさしげに細めていう。

その声は、昨夜、久保三郎助と名乗った男のものだった。どうやら久保がこの男たちの頭《かしら》らしい。

「おまえはあの男といつからあの家に住んでいる？」

「……どうしてそんなことを？」

「いいからいうんだ」

きぬは生つばを呑み込んで、大きく息を吸った。

腹をくくらなければいけないと、胸の内にいい聞かせる。一度死んだようなものなのだ。どんなことが起ころうが、恐れてはいけない。

「どうした……？」

「半年ほどです」

「ふむ、そうか。どうやって知り合った？」

久保は執拗《しつよう》な目を向けてくる。きぬは慎重に答えようと思った。この男は音次郎のことを知りたがっている。それはその正体を知らないからだ。

「村で声をかけられて雇われたんです」

「村……？　どこの村だ？」

「松井田です。浅間山の近くにあります」

嘘ではなかった。

自分の生まれ故郷だ。まさか、男たちがそこまで調べに行くとは思えない。

「あの男の名は？」

「木崎又右衛門さんです」

久保の目が凶悪に光った。だが、きぬは目をそらさずに堪《こら》えた。

「昨夜は又兵衛といおうとしたのではないか……」

「いいえ、怖くて気が動転していたからいい間違ったのです。嘘ではありません。旦那さんは木崎又右衛門とおっしゃいます」

久保は疑うように目を細めたが、すぐに口を開いた。

「よかろう、それじゃその木崎は何をして生計を立てておる？　まさか霞を食って生きているとは申すまいな」

きぬは「落ち着け、落ち着け」と、自分にいい聞かせた。

「旦那さんは自分のことはあまり口にされませんが、あちこちで頼まれて剣術指南をやっておられるようです。それが道場なのか、御武家のお屋敷なのか、それは教えてもらっておりません。変なことを聞くと、いい顔をされませんので、わたしはそのぐらいしか知らないのです」

うまく誤魔化せたと思った。

「……剣術指南か……なるほど。東軍流だな」

きぬは曖昧にうなずいた。

「それで、木崎とはどんな仲なのだ。ただの雇われ女中には見えないが……」

「家の世話をさせてもらっているだけです」

「たわけッ！」

いきなりの胴間声《どうまごえ》に、きぬは心の臓が止まるのではないかというぐらいに驚き、全身をすくみ上がらせた。板の間にいた男たちも、びっくりしたらしく、ぼそぼそささやきかわしていた話をやめて、こっちに注視した。

「おさち、いい加減なことをいうと、命はないぞ。おまえとあの木崎、その名が本当の名かどうか知らぬが、おまえたち二人が仲良く歩いているのを見ているのだ。どう見ても雇われ女中には思えぬ。まるで夫婦のようだった」

「夫婦ではありません」

きぬは気を取り直して、

「でも、旦那さんに体を許しております」

と、気丈にもきっぱりと、いい切った。

「ほう……」

「だからといって旦那さんのことを、何もかも知っているわけではありません。嘘ではありません。ともかく、帰してください」

久保はゆっくり首を振った。

「なかなか肝《きも》の据《す》わったことをいう女だ。見直したぞ。だが、おまえの話は信用できぬ。おい、この女を小屋に戻しておけ」

久保の仲間が後ろからやって来て、きぬの片腕をつかんだ。きぬはその男をキッとひとにらみして、久保に顔を戻した。

「旦那さんは無事なのですか？」

「……」

久保は答えない。

「生きてらっしゃるのですね」

久保はそれにも答えず、仲間に連れて行けといっただけだった。

七

その日の昼近くに家を出た音次郎は、竪川沿いの町屋で聞き込みを行った。夜商いをやっている料理屋と、橋の近くに屋台を出している饂飩屋《うどんや》と蕎麦屋だった。

「昨夜の宵五つごろだ。その舟には女が乗っており、黒い着物を着た男たちがいた。舟は一艘《そう》か数艘かはわからぬが、見なかったか？」

どこへ行っても聞くことは同じだったが、また返ってくる答えも、

「いえ、そんな舟は見かけませんでしたね」

と、同じようなものだった。

結局、賊の舟を見たという者は誰もいなかった。すると、賊は舟ではなく駕籠を使ったのではないかと思い、そのことを訊ねても、駕籠を見た者もいないのである。

賊たちは運良く目撃されなかったか、それとも用意周到な計画が練られていたと考

えるべきだろう。いずれにしろ、賊らしき一行を見た者も、またきぬらしき女を連れ去った男たちを見た者もいなかった。

聞き込みを終えたあとで、音次郎は牢屋敷門前にある叶屋《かのうや》という差入屋に足を運んだ。差入屋は牢に収監されている囚人たちに差し入れる煙草や鼻紙、手拭いなどという品物を置いている店で、牢の表門近くにはこれらの店が軒をつらねていた。

叶屋は吉蔵と連絡を取る際に使われる店で、音次郎が直に足を運んできたのは初めてであった。もちろん、顔をさらさないように深編笠姿である。

叶屋は間口二間もない小さな店だった。

「吉蔵さんはこのところ、顔が見えませんで……」

店の主は五十半ばの禿頭で、金火箸《かなひばし》のように細い男だった。主は猜疑心の勝った目で、編笠に隠れた音次郎の顔を見てきた。

「吉蔵と連絡を取りたいのだ」

「いますぐに、というわけにはまいりませんが……」

「できるだけ早急に願いたい。火急の用があるのだ。ともかく、これを渡してくれ」

音次郎は叶屋の主に、短くしたためた結び文を渡した。

それから一度家に戻ってみたが、変わった様子はなかった。賊が再びやってきた形跡もなかった。

寝間に行って、壁に掛かっているきぬの小袖をさわった。そのまま頬をつける。きぬの匂いがある。音次郎は奥歯を嚙みしめて、必ず助けてやると心中でつぶやいた。

おのれの命はもはや惜しくもない。

きぬを救うためなら一命なげうつ覚悟があった。

七つ半（午後五時）前に山城橋の名無し飯屋に足を運んだ。すでに日は暮れはじめており、西の空に浮かぶ雲が落陽に赤くにじんでいた。

その空には群れをなして飛んでいく鳥の影があった。

名無し飯屋に入って半刻をつぶしたが、吉蔵のやってくる気配はなかった。店は土間に縁台を置いただけの簡素な造りで、土壁は剝がれており、板壁にも隙間がある。障子は破れたままで、それが揺れている。

客はその日暮らしの日傭《ひよう》取りか、うらぶれたなりの浪人が多い。どの顔にも生気が感じられない。

音次郎は目ざしと丼飯《どんぶりめし》で腹を落ち着かせた。そのころにはすっかり日暮れており、格子窓《こうしまど》の外には提灯の明かりが目立つようになった。

吉蔵のやってくる気配はいっこうになかった。こういうことはめずらしい。これまでだと叶屋に連絡をすれば、半日もせず吉蔵と会うことができた。しかし、今回にかぎって、連絡がない。

なぜ、やつは来ない……。

疑問と同時に、やはり昨夜の賊は、囚獄が裏からひそかに遣わせた者たちなのではないかという疑心がわいた。それはつまるところ、自分ときぬを切り捨てるということだ。

これ以上の働きは無用というより、危険だと判断されたのかもしれない。

「親爺、勘定だ」

音次郎は縁台に金を置いて店を出た。

すでに夜の闇は濃くなっている。山城橋のそばには白塗りをした夜鷹の姿もあった。あたりに目を凝らしたが、吉蔵を見つけることはできなかった。

今夜は星月夜だ。音次郎は満天に散らばる星をあおいでから、河岸道を歩いた。提灯はいらない。一ツ目之橋を渡り、足を止めた。

囚獄と密会の場に使われた真砂亭に目を注ぐ。訪ねてみようかという考えが、ふと頭をよぎったが、すぐに思いとどまった。訪ねたところで、囚獄には会えそうにない。それに、浪人のなりをした男が滅多に訪ねて行けるような店ではなかった。

しかし、どうやって賊を追う手掛かりをつかめばよいかと途方に暮れた。

「お侍さん」

ふいの声に、はっと我に返った。すぐに声の主が目の前に現れた。

女軽業師だ。嬉しそうな笑みを口許に浮かべていた。しかし、音次郎はにこりともせず、この女も囚獄が手をまわした者ではないかと疑いたくなった。

「どうなさったんです。怖い顔して……」

「……よく会うな」

「偶然ですよ。でも、ほんとよく会いますね。誰かをお待ち？」

「いや、そうではないが……いま、帰りか？」

「今日は少し頑張ってみたんです。天気のいい日に稼いでおかなければなりませんから」

「ご苦労だな」

「あら、何か……いい匂い……」

女は小鼻をヒクヒク動かした。

「麝香《じゃこう》かしら……白檀《びゃくだん》のような気もするけど……どこかで嗅《か》いだ香り……」

音次郎は自分の持っている匂い袋だと気づいた。

「そんなにするか?」

「やはりお侍さん……」

「うむ。それにしても、そんなにするか?」

「やはり匂い袋ですね。自分で持っているとわからないけれど、他人にはよく匂いますよ。いい香りです。どこで買われたのです?」

「……もらったものだ」

自分が斬った清宮礼次郎のものだとはいえない。

「それじゃ昨日会った奥様から……でも、殿方が持参されるものではありませんわね」

「そのほうに詳しいようだな」

「昔はいろいろ持っておりましたから、好きなものを手に入れようとあちこちの店に行ったりもして……」

女はひょいと、おどけたように肩をすくめた。音次郎は目を輝かせた。

「それじゃこれがどこの店のものだかわからぬか?」

懐の匂い袋を取り出したが、暗くてよく見えないという。音次郎はあたりを見まわした。この時分やっている茶店はない。小さな居酒屋が目についたので、そこに誘った。

「名はなんと申す?」

「藤《ふじ》です」

「お藤さんか……いい名だ」

「お侍さんは?」

「……佐久間だ」

一瞬どう答えようか詰まったが、姓だけを口にした。もし、囚獄の回し者ならかまうことはない。酒と適当な肴を注文している間、お藤は例の匂い袋を一心に眺めていた。

「佐久間さん、これは京からの下りものですわ。袋は西陣です。でもこの香りは滅多にあるものではありませんよ」

「それじゃ置いてある店はかぎられているということか?」

「そこらの店にはありませんわね。おそらく……」

「どこだ?」

身を乗り出すようにして聞くと、

「すぐはわかりませんけど、でもどうしてそんなことを知りたがられるのです?」

お藤は目をしばたたいた。

「わけあってこの匂い袋の出所を知りたいのだ」

「どんな事情があるのか知りませんけど、二、三心当たりがあります。調べてみましょうか?」

「そうしてくれるか。礼は弾《はず》む」

「礼なんかどうでもいいですけれど、明日にでもあたってみましょう」

お藤のその一言は、わずかながらも音次郎に光明《こうみょう》を見出《みいだ》させた。

第三章　匂い袋

一

　縁側に立つ関口甚之助は、楽な着流しの後ろで手を組んだまま、明るい星月夜を眺めていた。奥座敷に控えている鹿沼源之助《かぬまげんのすけ》の報告を受けたばかりだ。

「それで、いかがされます？」

　源之助の声で、甚之助はゆっくり振り返った。

「押さえることができず、問い質《ただ》すこともできなかったというわけだ」

「それは、面目もなく……」

　源之助は心苦しそうに顔をうつむけた。その額には小豆大の黒子がある。

「まさか、木崎又右衛門と名乗ったその男に、おぬしは自分の名を口にしたのではあるまいな」

甚之助は縁側から座敷に戻って、源之助を見た。

「拙者は久保三郎助と名乗っておきました」

「久保、三郎助……なるほど、よいだろう。それで女は？」

「は、下平井《しもひらい》村の百姓屋に連れ帰りました」

「訊問《じんもん》はしたのだろうな」

「無論、いたしました。女はおさちと申します。見た目と違い、なかなか強情《ごうじょう》な女で、例の男の名は木崎又右衛門だといい張るばかりです」

そういってから、源之助は、その日、おさちに問いかけたことをそのままそっくり、甚之助に話した。

甚之助は煙管をくゆらしながら、黙って話を聞いていた。

「松井田村で知り合い、雇われただと……」

源之助の話を聞き終えてから、甚之助はつぶやくようにいった。

「さように申しております」

「男と女の仲になっておるとも……」

「夫婦ではないが、はっきりそういう間柄だと……」

「ふむ、そうであるか……」

甚之助はまだ火を入れていない手焙《てあぶ》りに、片手を置いて、その指を小刻みに動かした。部屋は燭台《しょくだい》の明かりに満たされ、二人の影が襖《ふすま》に大きく映り込んでいた。わずかに肌寒さを感じさせる風が庭から流れ込んでいる。

「それにしても放ってはおけぬ。おさちという女の話を信じれば、木崎と名乗った男は、ほうぼうで剣術指南をしている手練《てだ》れということになる」

「……いかにも。こちらはひとりを斬られてもおります」

「そのように申したな」

甚之助は源之助から視線を外して沈思した。

木崎又右衛門と名乗った男は、佐久間音次郎ではないのか……。しかし、斬り合いになったからには、このままじっとしているわけにはいかない。女中というより、木崎の情婦になっているおさちという女を捕らえてもいる。

「関口さん、そろそろ教えてもらえませんか……」

呼びかけられた甚之助は、源之助に顔を戻した。

「いったいあの男の何をお知りになられたいのです？　それがしには、関口さんの胸の内がよくわかりませんで……仲間も何のための働きだと文句をいいはじめております。それに、思いもよらず清宮礼次郎が斬られています。このままだと、やつらは離れてゆくかもしれませぬ」

「ふむ、いかにももっともなことだ」

甚之助は視線を宙に、短く彷徨《さまよ》わせてから言葉をつないだ。

「おぬしには、やはり話しておかねばならぬな」

「………」

「件《くだん》の男は、牢屋敷《ろうやしき》から出た者ではないかと見当をつけているのだ」

「すると、元囚人ということで……」

「さよう。どうしてもその男のことを知りたい。名は佐久間音次郎という。元徒組《かちぐみ》の番士だ。本来なら死罪になってとうに死んでいるはずなのだが、どういうわけか世間を動きまわっているという面妖な話がある」

「それは、牢破りをしたということでしょうか？」

「いや、それがどうも違うようなのだ。牢内の役人の手を借りて抜け出た節《ふし》がある」

甚之助は囚獄・石出帯刀の名は出さない。出せるものではない。これは極秘の調査なのだから、慎重になるべきだった。

「だが、このことかまえて、仲間には他言いたすな。わけを聞きたがる者には、牢破りをした男の探索だといっておけばよい。偽名を使っていた悪党だからとな……」

「承知いたしました」

「だが、その男が佐久間音次郎だとわかったならば、殺さずに捕縛《ほばく》してもらいたい。公儀にこのことを伏せていたのは、公儀目付からの厳しい達しを受けているからだ。公儀には何か思惑《おもわく》があるらしいのだが、それはわしにもわからぬ」

「ままあることで……」

源之助はようやく納得顔になっていた。

「おさちという女を逃がすでないぞ。明日にでもわしが会ってみよう」

「それじゃ明日、下平井村においでになりますか」

「昼には行けるだろう。だが、その前に佐久間らしき男と、おさちが住んでいた家をもう一度あたってくれ。もし、木崎又右衛門と名乗った者がいたら押さえるのだ」

「押さえたら下平井村に連れてゆきますか？」

「いや、日中は人目につきやすい。木崎の家に縛りつけておけばいいだろう。これもわしが直接に訊問いたすことにする」

「承知しました」

「なかなか腕の立つ男のようだ。重々に用心いたせ」

「わかりましてございます」

「さっきのこと重ねて申しておくが、他の者にはかまえて他言無用だ。あくまでも、牢破りをした男の探索だと告げるにとどめておけ」

「それゆえに、偽の名を騙《かた》っているとも……」

「そういうことだ」

二

山城橋に近い女郎屋の二階に音次郎は腰を据《す》えていた。

格子窓を開ければ、六間堀の向こう岸にある名無し飯屋が見える。

「ねえ、旦那……なにさ、さっきから外ばかり見てさァ……」

媚《こ》びを含んだ女の甘え声がそばでした。

それでも音次郎は名無し飯屋を見ていた。

すでに、宵五つ（午後八時）を過ぎており、川岸の道には、人通りが少なくなっていた。目を凝らすが、吉蔵の姿はいっこうに見えない。

見廻りに出た木戸番の提灯が川岸に現れると、名無し飯屋の灯が落とされた。

吉蔵はついにやってこなかった……。

音次郎は窓を閉めて、女を振り返った。寝間着の肩を半分抜き、小振りの乳房をちらりとのぞかせている。膝を崩したまま科《しな》を作り、

「そろそろ横になって休みましょうか……」

女は敷いた布団に身を移そうとする。

「よい。おまえはそこで酒を飲んでおれ。肴《さかな》も適当に頼んでかまわぬ」

「……あれ、旦那は？」

女は目を丸くする。「いいのかい？」と、裾《すそ》をめくって太股《ふともも》を露《あら》わにした。

「休みに来ただけだ」

音次郎は酒をあおった。

「それじゃ買ってくれないのかい？」

「金は払う。たまにはこんな客があってもいいだろう。それで困るなら、他の店に行って休むまでだ」

女は豆粒のようなつぶらな目を、忙《せわ》しくしばたたいた。

「……とんでもない。大歓迎ですよ、旦那。それじゃあたしは何もしなくていいんだね」

「ああ、いい。今夜一晩おまえさんを買ったことにしておけ」

「ほんとに、ほんとにそれでいいんだね」

「何度も同じことを申すな」

邪慳《じゃけん》にいってやったが、女は両手を合わせて嬉しいと、化粧ののりの悪い顔をほころばせた。

「おれは考え事をする。ここにいるなら、黙って酒を飲んでおれ。他に客を取るなら、取ってもかまわぬ。おれの分はちゃんと払う」

「いえ、それはできません。それじゃあたしは、おとなしくこの部屋で飲んでます。酒と肴を持ってきましょう」

女は部屋を出ると、ばたばたと階段を下りていった。

ひとりになった音次郎は、考えに耽《ふけ》った。

思いもかけず、お藤という女軽業師が役に立ちそうだ。匂《にお》い袋を手掛かりに、賊の足取りをつかむことができるかもしれない。

かといって、全面的にお藤のことを信用しているわけではない。これも巧妙な罠《わな》なのかもしれないという疑念があった。それゆえに、自分の身の上話をしたり、住まいを明かしたりはしていない。

お藤もすべては語っていないが、おおよそのことは憶測《おくそく》できた。話からすれば、やはり武家の出で、よんどころのない事情があって、軽業師をやっているようだ。

ただ、お藤は自分の住まいを教えてくれた。

「それじゃ連絡の場はどこにいたす。わけあって滅多なところは使いたくないのだ」

といった音次郎の言葉を受けて、

「それならわたしの家でかまいません」

と、あっさり引き受けてくれたのだった。

お藤の住まいは一ッ目の裏長屋だった。一ッ目とは土地の者たちの呼び方で、正しくは本所相生《あいおい》町一丁目と二丁目のことをさす。お藤の家は二丁目のほうだった。

匂い袋のことで何かわかったら、お藤は家で待つか、木戸番に言付けをしておくといった。軽業仕事は匂い袋のことがわかるまで休むという。

「休むのも息抜きと申しますか、気晴らしなんです。好きでもない商売を毎日やっていると気が滅入ってしまうんです」

だから、匂い袋探しが楽しみだという。

「それに、以前はよくめずらしい匂い袋を集めていたものですから……」

と、音次郎に、いらぬ気はまわさなくてよいからといってもくれた。

考え事をしていると、階下に酒と肴を取りにいったおひろという女郎が、いそいそと戻ってきた。今夜はしこたま飲んで、ぐっすり眠るんだと勝手にしゃべる。

音次郎はおひろの相手をすることなく、手酌で酒を飲み、眠気が襲ってきたところで横になった。女郎屋に泊まるのは、賊を警戒してのことだった。

昨夜からほとんど寝ていない。家で再びやってくるであろう賊を待ち伏せてもよかったが、寝不足の自分の体力を考えた。相手はひとりではない。いまは体に休息を与えておくべきだった。

深い眠りに落ちたのは、あっという間のことで、目が覚めたのは夜明け前だった。

隣に酒臭い息をして、だらしなく口を開けているおひろが寝ていた。音次郎はそのまま金を払って女郎屋をあとにした。

たっぷり睡眠を取ったおかげで、気力が充実していた。

表はまだ薄暗い。竪川には川霧が漂っており、しきりに鴉《からす》が鳴いているぐらいで、朝の早い棒手振《ぼてふり》にも会うことはなかった。

亀戸村の自宅が近づくと、周囲を警戒して歩いた。自分の家が見えると、裏の雑木林と表の畑に目を凝らす。異変は感じられなかった。

それでも気を抜かずに庭に入り、戸口に立った。大丈夫のようだ。家のなかに入り、じっくり屋内を見まわした。賊が来たのではないか、待ち伏せを受けるのではないかという危惧は、杞憂《きゆう》であった。

しかし、ひょっとすると、きぬが戻っているかもしれないという、あわい期待は裏切られた。

居間に落ち着いて、これからどうするかをあらためて考えた。吉蔵に会いたい。だが、連絡はつかずじまいだ。また、吉蔵がやってきた形跡もなかった。

表に漂っていた霧が晴れ、朝日が昇ったとき、音次郎は再び家を出た。きぬ捜しのための聞き込みをしなければならない。顔をさらすことになるが、もはや覚悟のうえだった。

三

鹿沼源之助が手下四人を連れて、下平井村の百姓屋を出たのは、中川の川面から昇っていた霧が晴れるころだった。

百姓屋におさちの見張り番と留守番を残しているが、連れのなかには弟の平之助《へいのすけ》がいた。この平之助は一昨夜、仲間の清宮礼次郎が斬られたことを、ひどく悔しがっており、必ずや敵《かたき》を取ると鼻息が荒い。

その気持ちを鎮《しず》めてやるのに、源之助は往生《おうじょう》していた。

二人は双子である。もし、源之助の額の生え際に黒子がなければ、他人はなかなか見分けることができない。

源之助も平之助も武芸者を気取っている。祖先は関ヶ原で勇敢に戦った足軽だと聞いているが、兄弟はそんなことは歯牙《しが》にもかけなかった。

「おれたちには禄《ろく》もなければ、仕官先もない。さすれば、おのれの力で生きるしかない」

そのためにはただひたすら武芸に励み、

「剣の道を究《きわ》めるのみ」

と、口を憚《はばか》らなかった。

生まれは武蔵《むさし》国荏原《えばら》郡の寒村だったが、物心ついたときには、すでに親はいなかった。育ててくれたのは、近くの寺の住職だったが、武芸に励んで身を立てると兄弟で誓い合った十歳のときに寺を出て、ほうぼうの道場に寄宿して暮らすという半生を送ってきた。

江戸近郊の道場はおろか、諸国を股《また》にかけての修業に励んだおかげで、二人の腕はかなりなほど上達していた。

「鹿沼兄弟恐るべし」

というまことしやかな噂《うわさ》が、市中のいくつかの道場に流れたのは、七年ほど前のことだ。実際、彼らは上野にあった道場と品川にあった道場をつぶしている。

つぶすといっても、道場主と立ち合って負かしただけのことであるが、道場側にとっては、まことにもって面目のないことで、

「こんなに弱い道場では話にならん」

と、門下生がつぎつぎと離れていったのだ。

その後、二人が市中の道場で暴れまくるのではないかと思われたが、予想に反し、彼らは江戸を離れてしまった。名古屋にいい話があったのだ。

以来、彼らは名古屋城下の道場で門下生の指導に当たっていた。

玄粋館《げんすいかん》という、一刀流の流れを汲《く》む道場だった。道場主の佐伯十郎兵衛《さえきじゅうろうべえ》は、鹿沼兄弟を殊《こと》の外重宝し、また道場隆盛に寄与させようとしていた。ところが、十郎兵衛が昨年ぽっくり死んでしまうと、道場は閉鎖になり、兄弟は行き場を失った恰好《かっこう》で江戸に戻ってきたのだった。その折に、関口甚之助の知己《ちき》を得ていた。

それが今回の、佐久間音次郎捕縛につながっているのである。

「源之助、おれはやはりやつを生かしておくわけにはいかぬ」

中川につないでいた荷舟に乗るなり、平之助が語気荒くいった。

「清宮はおれの大事な弟子だったのだ。このままでは気が収まらぬ」

「斬られたといっても死んだとはかぎらぬ。生きているかもしれぬだろう」

「だからといって黙っていられるか……」

吐き捨てるようにいった平之助は、仲間に舟を出せと命じた。

舟は二艘《そう》である。二艘とも荷舟なのであまり目立たない。それに、源之助と平之助以外は百姓のなりをさせている。百姓の舟に浪人が乗り合わせている構図というのは、別段めずらしくもない。これが羽織《は》袴《おりはかま》だと別だろうが……。

ともかく二艘の舟は下平井村を離れ中川を下ると、竪川に入った。そのころには霧も晴れ、朝日が雲間に顔をのぞかせていた。つまり、彼らが音次郎の家に近い北松代町の河岸地に舟をつけたときには、音次郎が家を出たあとだったのである。

「源之助、おまえは斬るな斬るなというが、半殺しならいいのだろうな」

舟を降りたあとでも、平之助はそんなことをいう。

「牢破りをした男なら斬り捨ててもかまうことはないだろう」

「それができんのだ。もし、斬り捨てるようなことがあったら、金がもらえぬことになる。斬るのはいつでもできる。ともかくやつを押さえるのが先だ」

「くそ、忌々《いまいま》しい……」

源之助は弟の顔をちらりと、横目で見て歩きつづけた。

昨夜、関口甚之助から口止めされたことは固く守っていた。しかし、弟には話してもよいのではないだろうかと、心が揺らいでいた。

捕縛したいのは佐久間音次郎という男だ。せめて、その名だけでも知らせても……。

途中までそう考えて、源之助は「いやいや駄目だ。約束は守らねば」と、自分を戒《いまし》めるのだった。助《すけ》をしてくれる仲間は、仕事の中身が何だろうがかまわない様子である。そもそも金になれば、殺しも厭《いと》わぬ連中だ。

「止まれ」

音次郎の家の近くまで来て、源之助は仲間の足を止めた。それからてきぱきと指図をして、家を取り囲むようにして散らばった。それぞれ音次郎の家に接近し、音次郎らしき男がいたら、指笛で合図を送ることになっている。そのときには、絶対に捕り逃してはならない。源之助としても早く始末をつけたかった。

金にはなるが、神経を使い手間暇のかかる〝仕事〟は面倒なのだ。もっと楽に稼げる道はいくらでもある。泰平の世の中とはいえ、武芸に秀でれば、蛇の道は蛇というように、稼ぎの口がいくらでもあった。

源之助は徐々に目当ての家に近づいていったが、人のいる気配は感じられない。それでも小半刻ほどを費やして様子を窺《うかが》った。別の場所で探りを入れている仲間の指笛も鳴らずじまいだ。

源之助は家には誰もいないと判断した。そばにいた者に首を振って、雨戸を外させた。表の光が、薄暗い屋内をさっと明るくしたが、何の変化もなかった。

人間どころか鼠《ねずみ》一匹見ない。拍子《ひょうし》抜けである。

「源之助、いないぞ。逃げたのではないか……」

平之助がずかずか座敷に上がっていう。他の者たちも別の部屋を見てまわっている。

「待て、表でこっちの様子を見ているかもしれぬ」

源之助は声を低めて、仲間のひとりに顎《あご》をしゃくった。その仲間が裏の雑木林のほうへ向かうと、源之助は庭のある表口にまわった。

「源之助さん！」

声がしたのはすぐだった。裏のほうだ。はっとなって、そっちに顔を向けると、

「清宮だ」

という悲痛な声が重なった。

全員が裏の林のほうに向かった。源之助が駆けつけると、怒りで顔を真っ赤にして、握りしめた拳《こぶし》をぶるぶるふるわせている平之助の姿が、まっ先に目に飛び込んできた。

その足許には、泥を被《かぶ》った清宮礼次郎の死体が横たわっていた。

「おれは許さん。……清宮の敵《かたき》は必ず討つ」

平之助が歯軋《はぎし》りをするような声を漏らした。

四

賊を追うための再度の聞き込みにも手応えはなかった。

音次郎は徒労感を覚えながらも、気を引き締めなおした。三ツ目之橋を南へ渡り、そのまま河岸道沿いに西に向かう。すでにこのあたりの聞き込みは終えていた。

この聞き込みで、音次郎はずいぶん自分の顔をさらすことになったが、もうすでに開きなおりの気持ちがあった。

天に昇り詰めた日輪が、下りはじめている。町屋のところどころにある欅《けやき》の木が風に吹かれて枯れ葉を散らしていた。

お藤の調べが気になっていたが、その前に名無し飯屋に足を運んだ。吉蔵に連絡がついているなら、亀戸の自宅と名無し飯屋に何らかの知らせが届いているはずだった。

昼時の忙しさが一段落したのか、名無し飯屋の主は、入口そばの縁台に腰掛けてのんびり煙管《キセル》を吹かしていた。

「何もございませんで……」

音次郎の問いかけに、主は物憂げな顔で返答した。吉蔵の伝言を期待していたが、これもあてが外れた。

表に出た音次郎は、もはや吉蔵を頼るのはやめようと思った。こうなったからには、何がなんでもひとりできぬの救出にあたる。さらに、やはりこれは囚獄の画策が裏にあるのではないかという、疑念を強くした。

もし、そうであるなら、遠からず自分の命は狙《ねら》われるはずだ。いや、いまこうしている間にも誰かが、遠くから監視の目を光らせているのかもしれない。そう思うと、我知らず、鳥肌立つものを覚えた。

しかし、ひとつだけいえることがある。

もし囚獄の指図で動いている者がいるとすれば、人目につく町中で騒ぎは起こさないはずだ。もし、そんなことをすれば、自分の身許が割り出される可能性がある。人が多ければ、どんなに手際よくできたとしても、絶対にしくじらないという保証はないのだ。

つまり、音次郎は日中、人目につく場所を歩く分には、まだ安全だと思った。

名無し飯屋をあとにすると、お藤の長屋に向かった。

小間物屋と茶問屋の間の路地を入ると、もうそこは真ん中にどぶの走る裏長屋につづく。表店は二階屋なので、空を見上げると、路地を挟《はさ》んだ家同士が縄や竹竿《たけざお》を渡していて、そこに洗濯物を干している。その向こうに、すがすがしい青空が広がっていた。

「お藤さん、いるかい？　佐久間だ」

家の前で声をかけると、すぐに返事があった。

「待っていたんですよ」

声と同時に戸が開かれた。今日は軽業仕事の恰好ではなく、その辺の町の女と同じ小袖の着物である。髪も結い直しており、薄化粧もしていた。

「なんだか別人のようだな」

本心だった。お藤はいつになく大人びた顔をしており、こんなに器量よしだったのかと思った。

「仕事しないときは、いつもこんなもんですよ。ともかくお入りください」

音次郎がうながされて、狭い家に入ると、

「匂い袋のことがわかりました」

きちんと膝を揃《そろ》えてからお藤は黒い瞳を向けてきた。

「本当か？」

「ええ、あっさりわかったんで、拍子抜けしたほどです。それで佐久間さんに早くお知らせしたかったんですけど、どこに行けばいいかわからないので、いまかいまかとお待ちしていたのです」

「それでどうなのだ？」

音次郎は差料《さしりょう》を抜いて、上がり口に腰をおろした。

「あの匂い袋はやはり京から仕入れられたものです。通《とおり》二丁目にあります森田屋という紅問屋が、江戸で唯一入れているものだとわかりました」

「通二丁目の森田屋……」

音次郎は、あの店だなとすぐに見当をつけることができた。

「なんでも南蛮から入るめずらしい香料を混ぜた匂い袋で、京ではずいぶんもてはやされているそうですが、江戸ではまだそう広く出回っていないということでした」

「よくぞ調べてくれた。礼を申す」

音次郎は頭を下げた。それへお藤が言葉を重ねた。

「わかったのはそれだけではございません。この匂い袋を買った客のことが全部わかるんです」

「それは、まことに……」

「はい、森田屋さんは几帳面《きちょうめん》な店らしく、客のことは逐一《ちくいち》つけてらっしゃるとのことです。商売熱心に、顧客簿をこしらえるためだとおっしゃいますが、さすが江戸一番の通りで店を張るだけのことはあると感心いたしました」

「それじゃ、これを誰が買ったかわかるということだな」

音次郎はお藤の前にあった匂い袋を手に取って、目を輝かせた。

「番頭さんの話では、これは入ってまだ日が浅く、そう出ていないそうで、調べればすぐにもわかるということでしたが、そこは商売人らしく、滅多に教えるわけにはいかないと、その辺は口の固いことを申されます」

「しかし、誰が買ったかはわかる。そうだな……」

「さようです」

音次郎はしばし宙の一点を見てから、お藤に目を戻した。

「森田屋に案内してくれないか。いや、ひとりで行ってもよいが……」

「ごいっしょいたしますよ」

と、お藤は音次郎の逡巡《しゅんじゅん》を打ち消して、口許に艶美《えんび》な笑みを浮かべた。

「手間を取らせるがよいか？」

「かまいません。でも、すんなり教えてはもらえないと思いますが……」

「心配には及ばぬ」

音次郎には考えがあった。

五

「佐久間さん、どうしていつも編笠を……？」

大橋を渡りながらお藤が聞いてきた。

「……あまり人に顔を見られたくないのだ」

少し考えたあとで、音次郎はまっすぐ前を向きながら答えた。

「なぜ……？」

「さあ、なぜだろう……」

「女が寄ってくるから……」

お藤はくすっと、悪戯《いたずら》っぽい笑いをして言葉を足した。

「佐久間さんは、なかなかの色男ですからね」

音次郎が無表情にお藤を見ると、

「お世辞ではありませんよ。ほんとのことです」

今度はかすかに顔を赤らめる。

「お藤さんももったいない。……それだけの器量があれば、いくらでももらい手があるだろうに……」

「わたしは女やもめですから……」

「それじゃご亭主は……？」

お藤はすぐには答えなかった。

橋の上は人の往来が多い。中間小者《ちゅうげんこもの》を従えたどこぞの旗本が通れば、道具箱を抱えた職人、天秤棒を担いだ棒手振、着飾った町娘、座頭に相撲《すもう》取り……。

橋を渡れば、江戸一番の繁華街・両国広小路だからでもあるが、通行人は種々雑多だ。橋の下を流れる大川には上り下りする舟があるが、こちらも猪牙《ちょき》に荷舟に、屋形船、釣り舟などと大小様々である。

「死んではいないと思いますが、もう二度と江戸には戻ってこれないでしょう」

しばらくたってからお藤が口を開いた。

音次郎が、どういうことだという顔をすると、

「佐久間さんと初めてお会いしたのは万年橋でしたね」

「それじゃ島流し……」

お藤は黙ってうなずいた。万年橋そばの桟橋《さんばし》から流人船《るにんぶね》が出るのは、江戸の者だったら誰もが知っている。

「いつのことだ？」

「半年の牢暮らしのあと、今年の春に……」

「そうであったか。悪いことを聞いた」

「気になさらないでください」

そう応じたお藤だったが、急に黙り込んだ。

音次郎も口をつぐんで歩いた。自分は誤解しているのかもしれない。お藤は囚獄には何ら関係のない女だろう。そう思えてきたが、油断はできないと自分を戒めもする。

二人は広小路の雑踏を抜けた。太鼓や笛、引きも切らない呼び込みの声がしていたが、音次郎はきぬのことを思っていた。早く何とかしてやりたい。無事であろうか、無事であってくれという祈るような気持ちである。

　それは喧噪《けんそう》とした雑踏を抜け、横山町に入ったときだった。二人を追い越していった三人の男が、突然立ち止まり、行く手を遮《さえぎ》るように目の前に立ち塞《ふさ》がった。胸元をはだけ、斜《しゃ》に構えた与太者で、明らかに地回りだとわかった。

「そうじゃねえかと思ったら、やはりそうだ」

　三人のなかでもっとも剣呑《けんのん》な目をしている男が、首の骨を、こきっ、と鳴らしてお藤をにらんだ。他の二人も音次郎には目もくれず、お藤をにらんでいる。

「お藤、いつまで待たせやがる。払うもん払ってもらわねえと、仕事ができねえだけではすまされないぜ」

「わたしは一切払わないといってるじゃないか」

　お藤は気丈だ。キッと、目を厳しくして、ひるみもしない。

「このアマ……」

　男がお藤の顎をつるりとさわった。

　ぴしっ。

　いきなり、お藤は男の手をはたいた。

「てめえ、舐《な》めたことを……。商売やるならショバ代を払うのが筋だ。それをどうしても払わねえっていうんなら覚悟はできてんだろうな」

「なんの覚悟だい？」

お藤は男たちに合わせて伝法《でんぼう》な口を利く。

「へへっ、このアマ、とぼけていやがるぜ……」

男は仲間と顔を見合わせて、いたぶる笑みを頰《ほお》に浮かべた。男が従えている二人は、ひとりはまだ十代とおぼしき若者で、もうひとりは蟷螂《かまきり》のように瘦《や》せた男だった。

「それじゃお藤、教えてやるよ。おまえには女郎になってもらうか、それとも片っぽの手首でも切り落として、二度と仕事ができねえようにしてやるってことだ。もう期限は過ぎてんだ。払ってくれなきゃ、ちょいとついて来てもらおうじゃねえか」

「いま、払えっていうのかい」

「あたぼうよ」

「へん、冗談じゃないよ。あんたみたいな蛆虫《うじむし》野郎に払う金なんざ一文もないね。さ、佐久間さん、こんな与太者に関わってる暇はありません。行きましょう」

「おっと、待ちねえ」

男が手を上げて、お藤の肩を押さえた。剣呑な目を冷たく光らせて、赤い唇を静かに舐める。

「これ以上おめえには舐められたくねえ。今日という今日は思い知らせてやる。来やがれッ」

男はいきなりお藤の二の腕をつかんで引っ張った。

「待て」

それまで黙っていた音次郎が男の手をつかんだ。とたんに男が凄《すご》みを利かせる。

「御武家さんよ、あんたの出る幕じゃねえんだ。こりゃ、おれたちとこの女の話し合いだ。横やりは御免蒙《こうむ》るぜ」

男は音次郎の腕を払おうとしたが、

「そうはいかぬ」

音次郎が逆にひねりあげたものだから、

「いててっ、何しやがる。放しやがれ！」

男は痛さに顔をしかめた。

「どうやらおまえたちが無理をいってるようだ。話はおれが代わって聞いてやる」

「なんだと……」

男の仲間二人は身構えている。若者は懐に呑んだ匕首《あいくち》に手をかけてもいた。

「妙な真似をすると怪我《けが》をする。どういうことだかわかるか……」

音次郎は左手で、腰の刀に反《そ》りを打たせた。瞬間、若者は顔色を変えて、懐から手を出した。蟷螂のような痩せも、一歩下がった。

それを見た音次郎は、手をひねりあげている男を、編笠のなかからにらんだ。

「こんな大通りで騒ぎはごめんだ。いくらほしい？」

「……いててっ、放しやがれ」

「いくらだと聞いてるんだ」

「佐久間さん」

お藤が止めようとしたが、音次郎は首を振って下がっていろと目でいい聞かせた。

「これまでの分があるから一朱《しゅ》だ」

その言葉を聞いた音次郎は、いきなり男を突き飛ばした。財布のなかから小粒（一分）を取り出して、怒りと屈辱にまみれた顔で尻餅《しりもち》をついている男に放った。

「釣りはいらぬ。だが、今後お藤さんに手を出したら、このおれが許さぬ。去《い》ね」

強くいった音次郎は、お藤を連れてその場を離れた。

「あんなこと……」

お藤があきれ顔でつぶやいた。

「迷惑だったか？」

「そんなことはありませんけど……でも、お金はあとでお返しいたします」

「気にすることはない」

「でも……」

「いいのだ。匂い袋の礼もある」

お藤は恐縮したまま黙り込んだ。

日本橋を渡って、通町に入った。江戸一番の目抜き通りだ。

目当ての紅問屋はその通りに面した大店である。暖簾《のれん》をくぐって店に入ると、番頭以下の奉公人たちが元気のよい声で迎え入れてくれた。

「そちらの番頭さんです」

お藤のうながす番頭は店先の帳場に座っていた。太鼓腹の男で、愛想《あいそ》笑いを浮かべ、そつのない商売顔を向けてくる。

お藤が例の匂い袋のことを話すと、

「あの件でしたら、へえ、よくわかっておりますが、滅多なことでお客様のことは口外《こうがい》できませんので、そこのところはどうかご容赦いただきたいと思いますので……へえ」

年季の入った商人らしく腰が低い。

「そこを相談なのだ。番頭、ちと耳を貸してくれ……」

音次郎が式台に腰をおろして、身を乗り出すと、番頭がそばにやってきた。

「拙者はこういうなりをしているが、じつは公儀の役目をあずかる者だ。ある調べをしている手前、内密に教えてもらえぬか。拒めば、厄介《やっかい》なことになるぞ」

音次郎の慇懃《いんぎん》なものいいに、番頭は福々しい顔をこわばらせ、少し身を引いた。

「手札を見たいなら、いま……」

音次郎は片手を懐に差し入れる真似をした。もちろん、手札などない。

「いいえ、それには及びません。そういうことでしたら、ただいまお調べいたしますので……へえ、しばしお待ちを……」

番頭はあたふたと帳場に戻っていった。どういうことなのかわからないお藤は、目を丸くしていた。

六

関口甚之助が下平井村の百姓屋を訪ねたのは、昼下がりのことだった。この百姓屋の手配をしたのは鹿沼源之助だったが、その手配にあたって甚之助は、

「墨引地《すみびきち》外に見つけるのだ」

と、いい置いていた。

それは何か失態《しったい》があったときのことを考え、町奉行所の警察権力が及ばない場所にしたいからであった。もっとも凶悪犯罪ともなれば、町方の隠密廻《おんみつまわ》りは朱引地外へも出張《でば》るが、そんなことは滅多にない。

百姓屋に入った甚之助は、早速おさちと名乗る女を連れてくるように源之助に指図して、奥の座敷に上がり込んだ。

「弟は何やら塞ぎ込んでおるようだが、いかがしたのだ？」

甚之助は顔を合わせても、暗い顔で元気のない鹿沼平之助のことを気にしていった。

「やつが可愛がっていた清宮という男が斬られたからです」

源之助が答える。

「清宮……？」

「助に頼んだ男ですが、平之助が筋がいいといって愛弟子《まなでし》にしていた者でした」

「斬られたというのは清宮という者であったか……。それにしても木崎なる男、一筋《ひとすじ》縄《なわ》ではいかぬようだな」

「なまなかではありません」

ふむと、うなずく甚之助は、これはいよいよ佐久間音次郎と見てよいのかもしれないという思いを強くした。

「それで、亀戸村のやつの家はどうした？」

「今朝も探りに行きましたが、家にはおりません」

「まさか、そのまま帰ってきたのではあるまいな」

「見張りをひとり置いてきましたので、何かあれば知らせがあるはずです」

「ひとりで大丈夫か？」

「……はあ、そういわれると、心許《こころもと》なくなります」

「用心のために、もうひとり増やしたがよかろう」

「それじゃ早速にも手配りします」

話をしていると、おさちを連れてきたという声が襖の向こうでした。

甚之助は頭巾を被って、

「源之助、話はわたしが聞く。席を外してくれ」

人払いをすると、襖が開かれ、連れてこられたおさちが現れた。肩をすぼめ、小さくなって座った。甚之助はその様子を、頭巾のなかから黙って見つめた。

頭巾を被るのは、のちのちのことを考えてのことだ。もし、この調べが間違いならば、顔を覚えられないほうがよい。

「……おさちと申したな」

　声をかけると、おさちがゆっくり顔を上げた。臆病な顔をしているが、唇をきつく引き結び、気丈な目を向けてくる。

「難儀させるが、いましばらくの辛抱《しんぼう》だ。勘弁してくれ」

「………」

「正直なことを話してくれぬか」

「わたしは、正直に話しています」

　きっぱりとおさちはいった。

「ふむ。そうであるか。だが、もう少し聞きたいのだ。亀戸のあの家におまえは雇われたそうだな。それも上州のほうで雇われたと……そうだな」

　おさちは黙ってうなずく。

「いつのことだ？」

「半年ほど前です」

「そうか。それであの男の情婦になったと……」

「………」

「ま、それはよい。しかし、あの男は木崎又右衛門と名乗っているらしいが、本当の名は佐久間音次郎といわぬか?」

甚之助はわずかな表情の変化も見逃さないという目を、おさちに向ける。おさちは唇を結んだまま、ゆっくりまばたきをしただけだった。

「もとは徒組にいた番士だ。同じ組の番士を斬り、死罪を申し渡された囚人だった」

甚之助はおさちを見つづける。

「……そうは聞いておらぬか。どうだ?」

おさちは首を横に振った。

「知りません。そんな話は聞いていません。それより、早く帰してください」

「木崎又右衛門というのは仮の名で、本当の名は佐久間音次郎。そうではないか?」

「そんなことはありません。旦那さんは、木崎又右衛門といいます。どうしてそんなことを聞くのです? 何のためです?」

甚之助はおさちを長々と凝視した。

わからない。この女がいうように、佐久間ではないかもしれない。自信が揺らぎそうになった。だが、気になるのがこの女の目だ。一途《いちず》に何かに耐えている。それは監禁されている恐怖かもしれないが、それとは違うものかもしれない。

「それならあの家に木崎はいつから住んでいる?」

おさちの目が一瞬泳いだ。甚之助は眉宇《びう》をひそめた。
「おまえは木崎とはただならぬ仲になっているはずだ。そのことぐらい聞いていても
おかしくないはずだ」
「……知りません」
今度は膝許《ひざもと》に視線を落とした。人が真実を誤魔化すときによく見せる仕草《しぐさ》だ。徒目
付として、いろんな人間の調べをやってきた甚之助は、永年の経験で、やはりこの女
は嘘《うそ》をいっていると思った。
「……そうか、知らないか？　ならば、それはそれでよいだろう。ところで、木崎は
剣術指南をやっているそうだな。それはどこの道場だ？」
「教えてもらっておりません。旦那さんは、自分の仕事に口出しされるのを嫌がられ
ますので、聞いておりません」
これは、はっきりという。前もって考えていたか、示し合わせていたか、はたまた
真実なのか、はかりかねる。
「おさち、もしおまえがいったことが嘘だとわかった暁には、ただではすまされない
ぞ」
「………」

おさちは唇を噛んで、挑《いど》むような目を向けてくる。最前の気弱さが消えている。甚之助はこの女のことがわからなくなった。

「殺すというのですか？」

「やむを得ずということもある。嘘はいかぬ、嘘は……」

おさちはそれには応じず、

「旦那さんは無事なのですか？」

と、必死の目を向けてきた。

「無事だから捜しているのですね。だから、わたしにあれこれ訊《たず》ねるのですね」

「さあ、どうだろうか……」

「無事なんですよね」

おさちは蚊《か》の鳴くような声で、うるうると目に涙を溜めていう。それから手をついて言葉を継いだ。

「帰してください。わたしを帰してください」

おさちは突っ伏して肩をふるわせた。

甚之助はやれやれと首を振って、

「帰してやりたいのは山々だが、もうしばらくの辛抱だ」

そういってから、隣の間に声をかけた。

「女を連れてゆけ」

おさちが去ってゆくと、甚之助は源之助を呼んだ。

「どうもわからぬ。わからぬが、あの女、何かを隠している」

甚之助はつぶやくようにいって頭巾を剝《は》ぎ取り、煙管に火をつけた。

「いかがいたします？」

「うむ。あの家に見張りはそのままつけておれ」

「みんなで張り込んだらどうです？」

「うむ、それもあるが、木崎と名乗る男が佐久間なら、かなりの注意を払っているはずだ。下手をして気づかれれば、元も子もない。だが……」

甚之助はゆっくり煙管を吹かした。

「何でしょう？」

「女を人質に取っているのだ。やつの家に文を投げ入れ、この家に呼び出してみようか」

「それは妙案」

源之助は膝をたたいた。

七

清宮礼次郎が財布に入れていた匂い袋を買った客のなかに、染という女がいた。

そして、染がおきゃんで有名な深川芸者であることがわかった。

置屋は小名木川に架かる高《たか》橋の近く、仲町にあった。

「へえ、お染に御用でござんすか？　それでどういったことで……？」

四十過ぎの大年増《おおどしま》の女将《おかみ》は、吸っていた煙管を灰吹きに置いて聞き返してくる。器量も肌も衰《おとろ》えており、深いしわに白粉《おしろい》が埋め込まれていた。

「よんどころのない事情があり、会って聞きたいことがあるのだ」

「商売ではないんざんすね」

「……どこへ行けば会える？」

音次郎はやんわりと訊ねる。

女将はその音次郎と連れのお藤をちらりと見て、

「家は浄心寺そばの山本町にありますよ。相掛自分《あいかけじぶん》橋のすぐそばざんす」

「何という長屋だ？」

「亀蔵店と申します。あの辺に行ってお染のことを聞けばすぐわかるはずです」

「かたじけない」

音次郎は心付けを置いて置屋を出た。

お藤を帰してもよかったが、邪魔でなかったらついて行くという。音次郎も女連れのほうが、相手に警戒を与えないと思い、拒むのをやめた。

染の家はすぐにわかったが、留守であった。木戸番がいうには、

「今日は買い物に出かけましたから、戻りは夕暮れでしょう。おそらく湯屋に寄ってから帰ってくると思いますけどね」

音次郎とお藤は待つことにした。

近くの茶店で時間をつぶすまでもなく、日はようようと暮れていった。

「佐久間さん、森田屋の番頭に何といったんです？」

お藤は暮れゆく空から音次郎に視線を向けた。

「ちょっとはったりをいったまでだ」

「なんと？」

お藤は気になるらしく、長い睫毛《まつげ》をしばたたいて聞く。

「わたしは公儀役人だと」

「ほんとにそうなのでは……？」

音次郎の正体を知らないお藤は疑わしそうな目をする。

「まんざら嘘ではないが、微妙なところだ」

そういった音次郎は、誤魔化すように笑みを浮かべた。

「……佐久間さんは不思議な人」

お藤がつぶやく。

めあての染が自宅に戻ってきたのは、七つ半（午後五時）の鐘が空に響いてすぐのことだった。

「何でございましょう？」

突然の来訪者に、染は小首をかしげた。

湯上がりの頬がほんのり赤みをさしていて色っぽいが、化粧気のない顔は決して器量がよいとはいえなかった。おそらく化粧映えするのだろう。

「これに覚えはないか？」

音次郎は清宮礼次郎の財布にあった匂い袋を差し出した。

染の目がはっと見開かれ、

「これは……」

と、口がぽかんと開けられた。それから音次郎と匂い袋を忙しく往き来した。

「清宮礼次郎という男を知っているな」

「礼さんならもちろんでございますが、旦那はなぜこれを？」

「用があってその落とし主を捜しているのだ」

「それじゃ礼さんのことをご存じで……」

「うむ」

音次郎は曖昧《あいまい》にうなずいた。

「清宮の住まいを知っていれば教えてもらいたいのだが……」

「礼さんならここしばらくおりませんよ」

「どういうことだ？」

「何でも旅仕事が入ったということで、江戸を留守にしておりますから」

なるほど愛する女のために、心配をかけまいという配慮なのだろう。

「それはひとりで……？」

「いいえ、お師匠さんといっしょです」

「師匠……？」

「鹿沼平之助さんとおっしゃる武芸者です。礼さんは鹿沼さんの教えを受けておりまして、鹿沼さんも熱心に導いておられます」

音次郎は目を光らせた。賊のなかにその鹿沼がいるかもしれない。

「その鹿沼の家を教えてもらえまいか？」

「行っても無駄だと思いますけど、どうしてもとおっしゃるなら……」

染はそういったあとで、鹿沼平之助の住まいを口にした。

第四章　十五本目の松

一

染の家を出たときには、宵闇が濃くなりつつあった。

「お藤さん、今日はいろいろと世話になった」

「もうよいのですか？」

「うむ。このことはあらためて礼をしたいと思う」

「礼などいりませんが、佐久間さんはいったい何をお捜しで……」

お藤はまっすぐな視線を向けてくる。

「さしたることではない」

「……いろいろ事情がおありのようですが、どうかお気をつけて」

「うむ」

お藤は軽く辞儀をすると、背を向けて帰っていった。音次郎はそれを見送ってから、星のまたたきはじめた空をあおいだ。

鹿沼平之助は清宮の師匠だったという。すると、賊のなかに鹿沼もいるのかもしれない。ともかくその鹿沼の家を訪ねることだった。しかし、ここは不用心に訪ねるべきではないだろう。

染の教えてくれた鹿沼平之助の住まいは、北割下水に近い本所松倉町だった。旅仕事に出ているという話だが、果たしてどんな仕事なのか……。

武芸者だという鹿沼平之助の住まいには、道場の備えがあるのではないかと思ったが、道場どころか何ら変哲のない裏長屋であった。

家の戸は閉まったままで人の気配もない。音次郎は木戸番小屋に後戻りして、

「鹿沼平之助に会いに来たのだが、どこへ行っているかわからぬか？」

と、訊ねてみた。

「鹿沼さんでしたらここしばらく留守のようです。どこへ行かれたかそれはわかりませんが、御用でしたら言付けを預かっておきましょうか……」

鼠《ねずみ》のような顔をした木戸番は、しょぼくれた顔でいう。

「言付けはよい」

「はあ」

よほど安物の魚油を使っているらしく、番小屋のなかに点《とも》してある角行灯《かくあんどん》がくすぶった煙を出していた。

「鹿沼は弟子を取っているようだが、稽古《けいこ》をどこでつけているか、知っておらぬか？」

「それでしたらすぐそばに源光寺という寺があります。その境内でやっておられます」

「源光寺……」

「へえ、北割下水のどん突きにある寺です。鹿沼さんは双子さんで、お兄様もかなりの武芸者だということです」

双子……。

声に出さずに胸の内でつぶやいた。双子の武芸者ということか……。

「弟子は何人ぐらいいる？」

「さあ、詳しいことは知りませんが、十人いるかいないかだと、そんなふうに聞いておりますが……」

「さようか。ともかく行き先はわからないのだな」

「へえ、申し訳ないことで……」

鹿沼平之助の帰りを待ってもよいが、それはいつになるかわからないし、おそらくきぬを拉致《らち》した場所にいると思われる。心配なのはきぬの安否だ。

まさか、殺されたりはしていないだろうな……。

そのことが音次郎の胸をざわつかせるのだった。

長屋を出た音次郎は、これからどうしようかと短く考えたあとで、亀戸の家の様子を見に行くことにした。賊の狙いは自分に向けられていた。きぬではない。

すると、自分を捕縛する、あるいは仕留めるために、家の近所にひそんでいる可能性は大いに考えられる。

薄暗い闇に凝らす目を厳しくした音次郎は、亀戸の自宅に戻ることにした。

北割下水を辿《たど》り大横川に出ると、そのまま川沿いの道を歩いた。ぼんやりと川面に映り込んだ月が、ゆらめいている。

法恩寺橋を渡るとき、近くで怒鳴り声がした。びくっと、足を止めた音次郎は声のほうに目を向けた。近くの店から数人の男たちが飛び出してきて、互いににらみ合って罵《ののし》っている。言葉から察するに、職人か与太者の諍《いさか》いのようだ。

だが、両者は罵りあうだけで取っ組み合う様子はない。そのうち、あっちの店こっちの店から野次馬が集まってくると、どちらからともなく離れていった。ちょっとした喧嘩《けんか》騒ぎが、それでお開きとなった。

音次郎はそのまま東へ歩き、十間《じっけん》川に架かる天神橋を渡り、自分の家に近づいた。このあたりは百姓地で、町屋と違って人気《ひとけ》もなければ、明かりもない。月と星の明かりを頼りに乾いた野路を歩く。風に騒ぐ林のなかで、梟《ふくろう》が鳴いていた。

夜風が少しずつ冷えているのがわかる。

音次郎は家までほどないところまでくると、周囲に警戒の目を向け、身を隠すために、濃い闇となっている木陰や物陰を選んで進んだ。

家の表には、人の気配は感じられなかった。裏にまわってみる。こっちは雑木林を背負っている。林を吹き渡る風の音がするぐらいだ。町屋のほうから犬の吠《ほ》え声が短くして、すぐに聞こえなくなった。

夜闇に慣れた目を周囲にくまなく配り、五感を研ぎすます。張り込んでいる賊の姿はない。そのまま家に入ろうかと考えたが、用心のために町屋に近い道へ行ってみることにした。こっちの道は畑と木立に挟まれている。待ち伏せするには恰好の場でもある。

音次郎は木立のなかを辿った。月明かりも星明かりも木々に遮られているが、木立を縫う小径はよく心得ている。

と、しばらく行ったところで、足を止めた。

いた——。

二人の男が、一本の大きな欅の下で足を投げ出して幹にもたれていた。そこからは表の道を見通すことができる。

音次郎は獣のような目になって、その二人の様子を窺った。

襲ってきぬを連れて行った場所を聞き出すか。それはやってできないことはない。相手は二人で、油断をしている。

だが、賊は他にもひそんでいるかもしれない。もし、他の仲間がいるなら、二人を襲撃するのは危険だ。うまく二人を襲うことができたとしても、他の仲間に気づかれたら……。

音次郎は唇を噛《か》んだ。これが昼間なら、もっと調べが利くが、そうもいかない。不用意な行動を取ったばかりに、きぬの命が奪われたら元も子もない。

引き返そう。

音次郎は来た道を戻った。

おいてけ堀の西外れから畑道を通って、亀戸清水町までやってきた。郊外の小さな町屋だ。夜商《よあきな》いの店は数えるほどしかない。

音次郎はその町を素通りした。そのまま名無し飯屋に向かう。吉蔵からの連絡が届いているかもしれない。

小半刻《こはんとき》後、名無し飯屋に着いたが、期待は裏切られた。吉蔵にも囚獄にも裏切られているという思いがいやがおうでも強くなってゆく。

なぜなのだ……。

音次郎は空につぶやきかけたが、答えは返ってくるはずもない。そのとき、また人の怒鳴り声を聞いた。今度は松井橋の近くだった。女連れの侍に、捨て科白《ぜりふ》を吐いて立ち去る男がいた。その男が音次郎のほうにやってきて、

「あの野郎、いまに覚えてやがれ。ただじゃすまさねえからな」

と、繰り言をいいながら早足で過ぎ去った。その際、音次郎に剣呑な目を向けた。

その男を見送りながら、昼間のことが思い出された。お藤を脅した地回りがいる。まさかあのやくざ者、お藤の家に乗り込んだりしてないだろうな。

そう思うと、じっとしておれなくなった。力を貸してくれた女を放ってはおけない。それに、自分が横槍を入れたせいで、あのやくざはお藤に仕返しを考えているかもし

れない。

　まずい。

　音次郎は更けてゆく江戸の町を小走りになった。

二

「おさち、こっちにも酒だ」

　男たちはさっきからきぬを酌婦《しゃくふ》扱いしていた。板の間の座敷に、思い思いに座り、買いだしてきた肴で酒盛りをしているのだ。

　今夜は飯をいっしょに食わせるといわれ、監禁されていた小屋を出されたのは、すっかり日が暮れたあとだった。きぬはいわれるまま男たちに従っていたが、いざという場合に備え、彼らをよく観察し、また吐かれる言葉から真の狙いは何だろうかと探っていた。

「おまえはなかなかの器量よしだ。どうだ、おれの女にならぬか。ははは……」

　酔った男は冗談交じりにいって大声で笑う。それを他の仲間が茶化していた。

　きぬは無表情の能面顔で、男たちに請われるまま酒をつけ、そして酌をしてまわっていた。この男たちの頭《かしら》は、鹿沼源之助ということがわかった。
自分を攫《さら》ってきたときは頭巾をして顔を隠していたが、いまは顔をさらしている。
亀戸村の家で、音次郎に「久保三郎助」と騙《かた》った男だ。
そして、源之助は双子の兄弟であった。弟は平之助といい、この男は可愛がってい
た清宮礼次郎を音次郎に殺され、敵《かたき》を討つと鼻息が荒い。
「それはまだ、この仕事がすんでからだ。短気を起こせば、損をする」
そういうふうに源之助に諭されるが、平之助は納得のいかない顔で酒をあおってい
た。
源之助を頭にした男たちは、五人。そして、亀戸村の家を見張っている男が二人い
ることがわかった。つまり、男たちは八人だった。
「おさち、こっちへまいれ」
台所で酒をつけていると、源之助に呼ばれた。
きぬは黙ってそばに行き、腰をおろす。弟の平之助が酔った赤い目でにらむように
見てくるが、もうきぬは動じなかった。怖い思いは変わらないが、いつまでも怯《おび》えて
ばかりはいられない。それに男たちに多少なりとも慣れたのかもしれない。
また、自分にちょっかいをかけようとする男がいると、その度に源之助に、

「おい、下手《へた》なことをするんじゃない。この女は大事な人質だ」

と、叱責《しっせき》されるのだ。

そのことで少しは救われた思いになったが、今度は新たな不安が胸の内に起きた。

このまま無事に帰してくれないのではないかということだ。

「おさち、おそらく今夜が最後になろう」

源之助はゆっくり酒を舐《な》めながらいう。

座敷には燭台《しょくだい》が四隅に置かれており、煌々《こうこう》とした明かりが源之助の顔を染めていた。きぬには、それが血の色に見えて不気味でもあった。

「……それじゃ明日には帰してもらえるんですね」

きぬは蚊の鳴くような声で訊ねた。

「うまくゆけば帰してやる」

「うまくゆけば……」

それじゃ、思い通りにいかなかったら、帰してもらえないということだ。

「うむ、うまくゆけばの話だ」

「源之助、妙なことをいうんじゃない」

遮るように言葉を挟んだのは平之助だった。酒を飲んでも赤くならない質《たち》らしく、その顔は青白くさえ見えた。

　この兄弟を見分けるのは唯一、額の生え際にある黒子《ほくろ》だが、性格は似ているようでそうではないようだ。兄の源之助は、どちらかというと思慮深いことをいうが、弟の平之助は直情径行で、他人の意見をあまり受けようとしない。それゆえに、他の男たちも平之助には腫《は》れ物に触るように接している。

「……うまくゆくに決まっておろう」

　平之助は吐き捨てるように言葉を足した。

「そりゃうまくやるつもりだ。だが、こればかりは相手あってのことだ。やつが誘いに乗ってこなかったら、それまでだ」

　源之助は煙管に火をつけて、紫煙を吹かした。

「そのときはどうなる……？」

　平之助は源之助をにらむように見る。顔は青白いが唇は妙に赤い。

「やつは逃げたということだろう」

「逃げられたら金にならぬではないか」

「だから困るのだ」

「けっ。困るじゃ困るぜ、源之助」

平之助はそういって仲間を眺めた。

「あんな前金の端金《はしたがね》じゃとんだ暇つぶしをしたことになる。やつが逃げて行方をくらましたとしても、それ相応の金はもらわなければ納得がゆかぬ」

「そうです、源之助さん」

他の仲間が平之助に同調した。

すると、そばにいた男たちも、そうだそうだと声を揃える。仲間は鹿沼兄弟のことを、姓ではなく名で呼んでいた。

「まあ、慌てるな」

源之助は煙管を灰吹きにたたきつけてから、手を上げて制した。

「その心配はいらぬ。ちゃんと掛け合っておるのだ。損をせぬようにな。ともかく明日でことは片づく。それだけのことだ」

「金はちゃんともらいますぜ」

部屋の隅にいた男が、念を押すようにいった。

「わかっておる」

源之助はうるさそうにいって、言葉を継いだ。

「明日は木崎をここへ呼び出す。それで何もかも決着がつくはずだ」

　この言葉を聞いたきぬは、はっと顔色を変えた。それに気づいた源之助が、口許に笑みを浮かべて見てきた。

「そう驚くことはない。おれたちはやつが牢破りをした人間かどうかを調べたいだけだ。それに木崎という名が本当か、嘘か、それを知りたい。ただそれだけのことだ」

　ふふふと、源之助は含み笑いをした。

「源之助、やつが牢破りをしたとわかったらいかがする?」

「おれたちの手から離れるだけだ」

「それじゃ、清宮の敵は討てぬ」

「平之助、いい加減頭を冷やさぬか。おれたちはやつのことを調べるだけでいいのだ」

「やつが牢破りをしていないとわかったなら……」

「それは、まあ、おまえの好きにするがいいだろう。おれの知るところではない」

　きぬは顔色を失ったまま心の臓を高鳴らせた。

　明日、旦那さんが呼び出されるという。そこでどんなことが起こるか、想像もしたくないが、おそらく無事にはすまされない。

　旦那さんが白を切り通したとしても、平之助は旦那さんを斬るつもりだ。

しかし、どうやって旦那さんを呼び出すというのだろうか？　また、旦那さんはどこで何をしているのだろうか？

「おさち、酒だ」

源之助にいわれて、きぬは酌をした。その手が我知らずふるえ、盃《さかずき》に銚子の口があたって、かたかたと音を立てた。

「おさち、そう怯えることはなかろう。何もおまえを取って食おうというのではないのだ。それとも、おまえの知っていることを、ここで洗いざらいしゃべるか……」

源之助が心の内を探るような目を向けてくる。

きぬはこの男は、旦那さんのことを少なからず知っているのだと思った。他の者にはしゃべっていないようだが、源之助に指図をする黒幕から、佐久間音次郎がどんな人間であるかを聞いているに違いない。

「ともかく明日が楽しみだ。ふふ、ふふ……」

きぬは凍りついた顔で、源之助を見つめつづけた。

三

そのころ、音次郎はお藤の家を訪ね、無事を知ったところだった。

「ともかく何もなくてよかった。昼間、余計なことをしたのではないかと、思い至ったまでだ」

「あのやくざ者はわたしがどこに住んでいるか知りませんから……。でも、ご心配してくださって、嬉しいです」

「さて、わたしは行くことにしよう」

居間の上がり口に腰をおろしていた音次郎が、立ち上がろうとしたその刹那《せつな》、
と、お藤が音次郎の差料を押さえた。

「待ってください」

「いかがした?」

音次郎はお藤の目を見つめた。

お藤も見返してくる。その瞳があわい行灯の光に揺れている。

「佐久間さん、何を悩んでおられるのです?　最初会ったときはそうでもありません

でしたけど、今日の佐久間さんは深い悩みを抱えてらっしゃいます。その深刻な顔を見ると……」

「何でもない」

「いいえ、そんなことはありません。わたしも伊達《だて》に苦労してきたのではないのです。人の心がみなまでわかるとは申しませんが、少なからずわかることもあります。もし、わたしみたいな女でよければ、話してもらえませんか。それで気が楽になることもあります」

音次郎は静かにかぶりを振った。

「人には滅多に話せないこともある。それにわたしは、お藤さんのことをよく知らぬ」

「それでしたらなおさらではありませんか。わたしは佐久間さんと関わっている人のことはなにひとつ知らないのです。奥様にはお会いしたことはありますけれど……」

音次郎はじっと、お藤を見た。

この女は自分を騙《だま》すような女ではなさそうだ。もし、自分を罠に陥《おとしい》れようというのであれば、相当のタマというしかない。

「……何かわたしを疑っていますか？」

「なぜ、そんなことを?」

「佐久間さんがそんな目をしているからです」

「そうか……」

「わたしは夫の過《あやま》ちによって、こんな暮らしをしておりますが、何もやましいことはしておりませんし、やましい心も持っておりません。それが自分に誇れる唯一のことです」

「ご亭主の……過ち……」

「はい」

お藤は一度うつむいて吐息をついた。それからさっと背筋を伸ばし、きりりと眉を引き締め、凜《りん》とした表情になった。

「夫は御先手組《おさきてぐみ》におりました。遠島になったのは、同じ組内で揉《も》め事があり、それを収めようとしたところ、話がこじれ、誤ってご同輩を斬ってしまったからです。さいわいにも相手が一命を取り留めたことで、死罪は免《まぬか》れましたが、夫は遠島になり、家は取り潰しとなりました」

「……そうであったか……」

「それからの気苦労は、他人に話しても滅多にわかってもらえることではありません。

夫は婿養子《むこようし》でしたから、先祖代々つづいてきた滝田家《たきた》もわたしの代で消えてしまいました し……」

お藤は悔しそうに唇を嚙んで、言葉を足した。

「夫はそのことを深く悔いておりましたが、どうすることもできません。救いは子がなかったことです。もし、子をもうけていたら、どんな不憫《ふびん》な思いをさせたことだろうかと思います。ですが、たったひとり残ったわたしだけが、耐えればよいだけのことですから……。これも天がわたしに授けた試練だと思えばよいだけのことです」

音次郎は静かな眼差しをお藤に向けた。この女は囚獄とは何の関係もないのだと、ようやく確信をした。

「だから、あんなことを申したのか……」

「……何でしょう？」

お藤は首をかしげた。

「万年橋で初めて会ったとき、お藤さんは、生きる道を探していると申された」

「あ……」

お藤は目を瞠《みは》って思いだした顔になった。

「たしかにそんなことを……でも、それは本当のことです」

「事情《わけ》を聞けば無理もなかろう」

音次郎はいったん口をつぐんでから、言葉を継いだ。

「わたしも正直に申そう。よからぬ者に命を狙われているのだ。だが、その相手の正体がわからない。それに……連れ合いをその者らに攫《さら》われてしまったのだ」

「なぜ、そんなことに……？」

音次郎は首を振って、それもわからないといった。そういうしかないのだ。ここで、自分が元囚人であったこと、牢から解き放たれたうえで囚獄の密命を受けていることなどは話せない。

「きっと、その人たちは勘違いをされているのですわ」

「そうだろうが……世の中にはどんな人間がいるかわからぬ。……まことにもって……」

音次郎が唇を噛むと、お藤が急に慌てて立ち上がった。

「これはとんだ失礼をいたしました。まだお茶も出しておりませんでした」

「かまうことはない」

「いえ、なりません」

お藤はぴしゃりといった。

「佐久間さんは家に帰ることができないのではありませんか？　もし帰れば、そのよからぬ男たちが待っているのでは……」

何と勘のいい女なのだ。ひそかに感心していると、

「今夜はここにお泊まりください」

お藤はそれがさも当然だとばかりにいった。

「それはできぬ」

「いいえ、佐久間さんはあのやくざがこの家に押しかけて来やしないかと心配なさって、来てくださったのではありませんか」

「そうではあるが……」

「わたしは先ほどあのやくざがこの家を知らないと申しました。でも、蛇のようにしつこいやつらです。調べてやって来ないともかぎりません」

「…………」

「今夜はわたしを守ってください。だからといって勘違いなさらないように」

音次郎は、すぐには返す言葉を見つけられなかった。

四

「手間がかかるのはいたしかたなかろう。木崎と名乗る男が思いの外手練《てだ》れであるからな」

甚之助は訪ねてきた息子・勘右衛門をなだめるようにいって盃を口に運んだ。

「その木崎と申す者は、剣術指南をやっているのですね」

「……のようだ」

甚之助は盃を置いて、静かに勘右衛門を眺めた。

燭台の炎が影法師となって勘右衛門の片頬で揺れている。

障子の外では、去りゆく秋を惜しむように虫がすだいていた。

「勘右衛門、そう焦ることはない。手は打ってあるのだ」

「……いかなる手を？」

勘右衛門はわずかに身を乗り出した。

「木崎が情婦にしている女がいる」

「おさちという女ですね」

「うむ、明日その女を餌《えさ》に木崎を呼び出して押さえる。あとは佐久間を知っている者に、顔をあらためさせればすむことだ」

「うまくゆきますか……」

「やるしかないだろう。いくら木崎が手練れだとしても、こっちには鹿沼兄弟がいる。あの二人に敵《かな》うものはそうそういない。それより、例の家のことだが……」

甚之助は煙管を手にして、ゆっくり刻み煙草《たばこ》を詰めはじめた。

「それが面妖なのです」

勘右衛門は父親の所作を眺めながらいった。

「面妖とは……？」

「木崎が住まう百姓屋の家主は、根岸勘三郎《ねぎしかんざぶろう》という旗本になっておりますが、この根岸の所在がわからないのです」

「わからぬ……。それはまたどういうことだ……？」

「住まいは本所相生町になっておりますが、そこは屋敷ではなく、昔からある小さな煎餅屋《せんべいや》で、主は根岸などという者に心当たりはないと申すのです」

「根岸勘三郎なる人物は……？」

「公儀役人のなかに同名の者が何人かおりますが、いずれも亀戸村の百姓屋には何ら関わりがありません」

「たしかに面妖なことだな。すると、木崎又右衛門がその百姓屋を勝手に使っているということになるのか……」

「それが名主のところにはちゃんとした証文があります。貸し主は根岸勘三郎、借り主は根岸小兵衛」

甚之助は煙管を吸いつけたまま、眉宇をひそめた。

「この根岸小兵衛なる者もどこにもおりません。しかし、証文にはきちんとした記載があります」

「家賃は？」

「前払いで収めてあるようです。また、名主の口を挟むことではないので、それ以上のことはわからないと……」

「……ふむ、そんなこともあるのか」

甚之助は宙の一点を凝視して、

「ま、それはよいだろう。いずれにしろ、明日には木崎を押さえる。そうすれば何もかも明らかになるはずだ」

「父上、よもや念には及ばないでしょうが、その木崎なる男にもおさちなる女にも父上の正体は知られていないでしょうね」

「心配には及ばぬ。わしのことを知っておるのは、鹿沼兄弟だけだ。おまえの大出世がかかっておるのだから、おまえのことは万が一にも漏れてはおらぬ」

勘右衛門は安堵《あんど》したように、口辺に笑みを漂わせた。

「何もかも父上の力添えがあったればこそです」

「木崎なる男を捕縛したあかつきの顔検分は問題なかろうな」

「その手筈《てはず》はすでに整っております」

「……そうなると、明日はいよいよ大事な日となるな」

「吉報をお待ちしておりますが、よもや木崎なる男が逃げているなどということはないでしょうね」

「女を預かっているのだ。それはないはずだ」

そう応じた甚之助だが、それが一番の気がかりであった。

「ともかく、明日だ」

甚之助は言葉を足して、期待顔をしている勘右衛門に微笑《ほほえ》んだ。

五

雨戸の隙間《すきま》に夜明けの薄光が見えはじめたころ、音次郎は目を覚ました。静かな鳥の声が聞こえる。

そっと横に顔を動かすと、隣の夜具にお藤の寝顔があった。薄暗がりのなかにあるその顔は、化粧を落としているが、

――美しい。

と、音次郎は思った。

高くもなく低くもない鼻梁《びりょう》。かすかに開いた唇にはつやがあった。閉じられた目には長い睫毛《まつげ》が重ねられている。肌はわずかに日に焼けているが、きめ細かである。

音次郎は顔を天井に戻して、細く長い吐息をついた。

それから昨夜お藤が口にしたことを思い出した。

――佐久間さんとわたし、こうやって同じ屋根の下で朝を迎えることになるなんて……これは、何か天の引き合わせのような気がします。

何故、そんなことをいうのかと思いもしたが、どうやらお藤に他意はなかったよう

だ。

音次郎はゆっくり半身を起こした。長屋の路地に足音が聞こえるようになった。早起きの女房連中が朝餉《あさげ》の支度にかかりはじめたのだろう。

「佐久間さん……」

お藤が声をかけてきた。

音次郎が見ると、お藤も半身を起こして、鬢《びん》の乱れ髪を指で後ろにすくった。

「もう行かれますか?」

「うむ。一度家の様子を見に行く」

「そのあとは……」

「わからぬ」

「おきぬさんがお帰りになってらっしゃればよいですね」

音次郎はそれには応じず、身繕《みづくろ》いをはじめた。きぬとの関係は昨夜話していた。もちろん牢屋敷から釈放されたことは伏せてのことだ。

「もし、おきぬさんが帰ってなかったら、いかがされます?」

「……捜すしかない」

「それにしても、曲者《くせもの》たちには何の目論見《もくろみ》があるのでしょうね」

音次郎はそれにも答えず、差料をつかんで三和土《たたき》に下りた。

「世話になった。わたしのことはともかく、お藤さんも気をつけるのだ」

「そのことですが、昨夜佐久間さんが眠られたあとでよく考えました」

「…………」

「両国で仕事をするのはやめにします。今度は奥山か上野に行こうかと……」

「そうか……」

「でも、もう軽業仕事から足を洗おうかと、そうも思います。ひとりでやれる仕事なのでその分気は楽なのですけれど、どこかに勤めようかと……」

「あては？」

「いくつかあります。しかし、客商売ですから……」

音次郎はじっとお藤を眺めた。

「……そなたなら、きっとうまくやれるだろう。ともかく片がついたら、あらためて訪ねてこよう」

「そうしてください。わたしはただご無事を祈るばかりですが、何か役に立つことがあったら遠慮なくおっしゃってください」

「いろいろ気にかけてくれてかたじけない。それでは……」

音次郎は軽く辞儀をしてお藤の家を出た。

木戸口を納豆の棒手振《ぼてふり》が丁度入ってきたところだった。

表通りには朝靄《あさもや》が漂っていたが、それも亀戸の家に近づくにつれ薄くなり、おいてけ堀のそばに来たときには、雲間から朝日が射した。

音次郎は気持ちを引き締め、家に近づいた。静かな佇《たたず》まいには異変は感じられない。雑木林から鳥たちの声が聞こえてくるぐらいだ。

かすかに風があるぐらいで、木々の葉は朝露を光らせている。

昨日見張りのいた場所にまわってみたが、人の姿はどこにもなかった。さらに十分に警戒しながらあたりを探ったが、不審な影は見あたらなかった。

見張りをあきらめたか……。

音次郎はそれでも注意心を解かずに、家の裏から勝手口に近づいた。用心深く屋内の様子を窺ったが、やはり異変は感じられない。

戸を開けて、家のなかに入った。

何も起こらなければ、曲者の影ひとつない。

ほっと、小さく安堵の吐息をついて、柄杓《ひしゃく》を使い水瓶《みずがめ》の水を飲んだ。それでも、炯々《けいけい》と光る音次郎の目はくまなく家のなかに配られていた。

柄杓を置き、口の端の水をぬぐって居間に上がった。それから寝間と座敷を見てまわった。とくに目につくようなものはなかった。

それから土間に下り、戸口を引き開けようとしたとき、その足許に一通の書状が落ちているのに気づいた。

もしや吉蔵からの沙汰《さた》ではないか！

音次郎は目を輝かせて書状を拾い、表に出た。周囲に変化はない。そのまま書状を広げ、目を瞠った。吉蔵からではなく、きぬを連れ去った賊からのものだった。

書状には短い文が簡潔にしたためられていた。

内容はおおよそ、以下のようなことだった。

――北十間川《きたじっけん》の河口、向こう岸の下平井村、中川に沿った松林、上流より十五本目の松で、おさちを連れて待っているので来てもらいたい。

時間などは書いてない。

一読した音次郎はさっと顔を上げ、唇を噛んだ。

六

この女はよく働く。

鹿沼源之助は、おさちがみんなのために朝粥《あさがゆ》をこしらえる姿を眺めてそう思った。おさちは無言であり、感情一切を殺した顔をしているが、やれといわれたことは逆らわずにおとなしく従っていた。

木崎と名乗っている佐久間音次郎らしき男がこの女を重宝するのを、源之助は何となくわかる気がした。

やがて、湯気の立つ鍋をおさちが板の間の座敷に運んできた。思い思いに過ごしていた仲間が座敷にやってきて、鍋を囲んだ。おさちが丁寧に椀《わん》にすくってみんなに配ってゆく。

「やはり酒を飲んだ翌朝は、粥にかぎるな」

「……昨夜は飲みすぎた」

仲間はそんなことをいいながら、湯気を立てる粥に箸《はし》をつけた。

「平之助……」

源之助は片膝を立て、柱にもたれている弟の平之助を見た。

「食わぬのか？」

「腹は空いておらぬ」

「……そうか」

勝手にしろという顔で、源之助は粥を食べはじめた。だが、平之助のことは昨夜から気がかりだった。清宮を殺されたことがよほど腹に据えかねるのか、何かあると、やはり木崎又右衛門は生かしてはおけないという。

ついには、

「源之助、おれはこの仕事を下りる」

と、いいだした。

下りてどうすると聞けば、

「やつを斬る」

と、とんでもないことをいう。

そんなことをされたら関口甚之助との約束を反故《ほご》にすることになり、金をもらえなくなる。これまでの苦労が水の泡になるし、仲間に引き入れた者たちも黙ってはいない。

源之助はへそを曲げる平之助を懐柔し諭《さと》すのに、昨夜はずいぶん苦労した。どうにか折れてくれたが、油断はならなかった。

双子とはいえ、性格の違いはある。源之助はおおざっぱで鷹揚《おうよう》なところがあるが、平之助は何かと細かいことに拘《こだわ》り、さらに一途である。殺された清宮のことを思うのは、清宮が殊の外平之助に心酔し、慕っていたことが一番だろう。

それに清宮は義に厚い男で、

「おれもやつのためには何かと応えてやらねばならぬ」

と、平之助は清宮に対して、何かと入れ込んでいた。それゆえに、殺されたことが無念でたまらないのだろうが、ここで狂奔されては困るのである。

「平之助、今日はおれのそばから離れるな。おれについておれ」

粥を食べ終えてから、源之助は平之助の顔色を窺うようにいった。

平之助は無言のままじろりと見てきただけで、すぐに視線を外した。まったく世話の焼ける弟だと舌打ちをしたくなった。

「源之助さん」

声をかけてきたのは、仲間に引き込んだ安西幸之助《あんざいこうのすけ》という浪人だった。安西以外の者も一癖も二癖もありそうな浪人だった。この男たちは単に金目当てであり、その目的が何であろうが、あまり気にすることはなかった。

「なんだ？」

「片がつけば、今日のうちに残りの金はもらえるんでしょうね」

「遅くなれば明日になるだろうが、金のことは心配いらぬ」

「そこで仕事次第ですが……」

安西は低い鼻をこすって仲間と顔を見合わせて、言葉を継いだ。

「ひょっとすると、こっちの命が危なくなるかもしれないじゃありませんか。清宮礼次郎のこともあります。金を弾んでもらえませんかね」

「それは……」

源之助は一瞬言葉を呑んで、

「金はおれが払うのではないが、掛け合うことにする」

「そうしてくださいよ」

と、安西は計算高い目をして笑った。

そのとき、庭に駆け込んでくる足音があり、息せき切って入ってきた男がいた。これは音次郎の見張りについていたひとりで、吉田市郎《よしだいちろう》という者だった。

「源之助さん、やつが帰ってきました」

吉田は肩を喘《あえ》がせていった。

引き込んだ仲間は誰もが、双子の鹿沼兄弟を名で呼んでいる。

「して、書状は読んだか？」

「戸口の外に出て読んでおりました」

源之助は目を光らせた。ふと自分を見るおさちに気づいて、そっちを見ると、顔を張りつかせ目を瞠っていた。

「気づかれはしなかっただろうな」

「その辺は抜かりありません。昨夜、忠告されたんで決して目につかないところで見張っておりましたから」

吉田は自信ありげにいう。それからおさちを呼んで茶を所望した。おさちは物憂げな顔で、茶を淹《い》れにかかった。

その様子を見ながら、源之助はしばらく思案に耽った。

昨夜、見張りのことが気になり、使いを出して木崎に絶対知られないようにきつく注意をしておいた。木崎が佐久間音次郎であれば、こっちが思う以上に注意を払っているだろうと考えたからだった。

しかし、木崎又右衛門はあの家に戻ってきた。そして、書状を読んだ。

木崎は逃げてなどいなかったのだ。そして、戻ってきたというのは、おさちを何とか取り返したいと考えているからに違いない。

「吉田」

「はい」

「木崎が動いたそのときのことは、板倉《いたくら》と話し合っているのだろうな」

板倉というのは吉田と見張りについている男だった。

「心配ご無用です。やつが動けば、六ツ目之渡し場に来ることになっております」

「それじゃいま動いていればどうなる？」

「なあに、これからすぐに戻りますから……」

「それじゃすぐに戻ってくれ。わしらはやつが動いたときのための支度を整えておく。にぎり飯を作らせておいた。持って行くがよい」

「ありがたいことで……」

吉田はおさちからにぎり飯を受け取ると、急いで飛び出していった。

それを見送ってから源之助は立ち上がった。

「みんな、いよいよだ。やつが何刻にやってくるかわからぬが、いつでも応じられるように支度を整える。その前におさちを小屋に連れ戻しておけ」

「よし、おれがやろう」

岡本《おかもと》という男が立って、おさちの腕を取って小屋に連れて行った。源之助は岡本が戻ってくると、木崎を呼び出してからのことを、みんなに事細かに指図し、

「くれぐれもいっておくが、やつを殺してはならぬ。必ずや生け捕りにするのだ。さもなくば残りの金はもらえないと思え」

と、仲間を眺め渡して強く念を押した。

七

賊からの呼び出し状を読んだ音次郎は、決して慌てなかった。こういうときこそ、よくよく思案が必要だということはわかっている。

さっきから端然《たんぜん》と居間に座り、瞑想《めいそう》していた。

賊の真の狙いはよくわからないが、このまま呼び出しに応じれば、まんまと賊の罠にはまるのは明々白々。だからといって出かけないわけにはいかない。

書状を読むかぎり、きぬはまだ無事のようだ。そうであれば、相手はきぬを盾《たて》にするはずだ。ここで考えなければならないのは、きぬを盾に取られないことだった。

それにはどうすべきか……？

閉じていた目をかっと開いた音次郎は、柱に貼りつけてある厄除《やくよ》けの札を凝視した。もし、自分が逆の立場であれば、いかなる手段を講じるか……。

胸の内に問いかけて、じっと、ただじっと厄除けの札を見つめつづける。黄色く変色したその札の字はかすれ、下のほうに裂け目があった。

目を一点に集中させ、毫《ごう》も動かないでいるが、頭のなかではあらゆることをめまぐるしく考えていた。

賊の正体も、その真の狙いも、さらには人数もわからない。そんな賊の裏をかかなければ、決して勝ち目はない。勝ち目はなくとも、きぬだけは救い出さなければならない。それには自分が先に倒れるわけにはいかない。

きぬを安全な場所まで連れてゆくまでは、生き抜かなければならないのだ。

音次郎は卒然と立ち上がった。

考えがまとまったわけではない。ひとまず呼び出された場所まで出かけようと思ったのだ。しかし、それなりの心構えと備えをしておかなければならない。

寝間に行くと、襖の奥にしまってある小箱を引き出して蓋《ふた》を開けた。

そこには五本の差添《さしぞ》えが入っていた。短剣や短刀も差添えと呼ぶこともあるが、箱に入っているのはそれよりさらに小振りのもので、手のひらにすっぽり収まる武器だった。鍔《つば》はついていない。

音次郎は五本の差添えを帯に挟み込み、懐に襷《たすき》と鉢巻きを入れた。

土間に下りると、脚絆《きゃはん》をつけ草鞋を履いた。

表に出たのは、五つ半（午前九時）過ぎであったろう。空は薄曇りで、西のほうにずり落ちそうな灰色の雲があった。

家を出ると竪川沿いの河岸道に出て東に歩いた。

まっすぐ行けばいずれ中川にぶつかる。賊が呼び出した場所に行くには、その中川を遡《さかのぼ》らなければならない。

五之橋《ごのはし》町河岸を過ぎると左に折れ、亀戸村の百姓地につづく道に入った。

この先には涸《か》れた田と畑が広がっているだけだ。ところどころに森や木立、あるいは丘を見ることができる。田畑を縫うように小川が流れており、ところどころに自然に出来た溜池《ためいけ》代わりの沼が点在する。

木立の上で鴉が鳴き、蛇のようにくねった小川には、餌を探している渡り鳥の群れを見ることができた。

やはり、そうか……。

野路に入って間もなく、音次郎は自分の勘が外れていなかったことに、にやりとほくそ笑んだ。やはり、見張りはいたのだ。自分の目をうまく誤魔化して隠れていたようだが、身を隠す場所の少ない百姓地に来て、ようやく尾行者の存在に気づいた。

その尾行者はひとりだった。音次郎は気づかぬふりをして歩きつづけたが、いつの間にかその尾行者の気配が消えた。

おそらく仲間に知らせに行ったのだ。

音次郎はそのまま歩きつづけ、櫟《くぬぎ》林を見つけると、そっちに向かう野路を辿《たど》り、林のなかに入って身をひそめた。

半刻ほど、周囲を十分に見渡せるところにいたが、不審な男たちを見ることはなかった。音次郎は林の裏手から出ると、ひたすら北の方角に歩いた。ほどなく北十間川に行き当たったが、細い土橋を渡ってさらに北に向かった。

賊の指定する場所は、北十間川が中川に注ぎ出る河口の反対側にある松林だった。

賊が刻限を指定しなかったのは落ち度であった。そのために音次郎は十分な時間を持てることになった。賊が刻限を切らなかったのは、音次郎の帰りがいつになるか予測できなかったからに他ならない。

四つ半（午前十一時）前に平井の渡し場に着いた。ここで舟を仕立てようとしたが、渡し舟以外にない。しかたなく川沿いの土手道を歩いた。

中川は鱚《きす》釣りで有名だ。もっとも盛んなのは春鱚の釣れる三月と四月だが、秋鱚を狙う釣り人もいる。すでにその時期は過ぎているが、釣り人は少なくない。

渡し場から半町ほど下ったところで、粗末な小舟を岸にもやっている男を見つけた。そばに行って声をかけた。相手は腰切り半纏《ばんてん》を着た職人ふうの男だった。

「釣れるかい？」

「……釣れねえな」

男は振り返りもせず、竿を立てて天蚕糸《てぐす》をたぐり寄せた。その間、音次郎は男の舟を品定めしていた。小さくて粗末な舟だが、十分に使えそうだ。

「あ、これは御武家様で……」

鉤《はり》に餌を付け替えようとした男が、音次郎に気づいた。

「頼みがある」

そういってまず心付けを渡した。小粒（一分）だ。

「何でしょう？」

男は手にした金と音次郎を交互に見た。

「わたしを舟に乗せて下ってくれるか。無論、舟賃は別に払う」

「いや、そんなのはお安い御用で。それでどこまで下ればいいです？」

心付けを手にした男は、気をよくしたようだ。

「そんな遠くではない。頼まれてくれるか」

「へえ、それじゃ早速に……」

男は釣り道具を手早く片づけると、音次郎を舟に乗せて舫《もや》いをほどいた。棹《さお》が土手を突くと、小舟はすうっと川の流れに乗った。

「菰《こも》を借りるぞ」

音次郎は舟にあった菰を頭から被り、横になった。

「そんなことをしてどうするんです？」

「いいから黙って下るのだ」

「へえ、へえ。それじゃおっしゃるとおりに……」

舟はすいすいと、中川を下っていった。

ほどなく右手に北十間川の河口が近づき、左側の土手道に松林が見えてきた。音次郎は菰を被ったまま、その松林に目を凝らした。

岸から舟を見ても、何ら不審がられることはないはずだ。松林は延々五町もつづいているだろうか。殺風景な百姓地にあって、そこだけが風趣を醸《かも》していた。

十五本目の松の近くに人の姿はなかったが、松並木が途切れそうになったところに、ひとりの男を見た。松の幹に隠れるようにして座り、下流のほうに目を注いでいた。おそらく、賊の仲間だろう。

それからしばらく下ったところに、神社が見えた。これは逆井村《さかさい》にある富士浅間社《ふじせんげんしゃ》だった。音次郎はその神社の先まで行って、岸辺の藪《やぶ》に舟をつけろと男に命じた。葦《あし》とすすきが繁茂しており、舟はすっぽりそのなかに隠れた。

「ご苦労だった。ものはついでだ、この舟を売ってくれ」

「へっ、舟を？　そりゃあ……」

先に二両を手渡すと、男は黙り込んだ。

二両もあれば、この程度の舟だったらすぐに買うことができる。さらに舟賃だと一分を手渡すと、男は何もいわずに舟を明け渡してくれた。思いもよらず得をした男は、足取りも軽く川沿いの土手道を下流に向かって歩き去った。

音次郎は空を見た。

相変わらずの曇り空で、薄い雲の向こうにぼやけた太陽があった。

舟が流されないように、しっかりつなぎ止めると、草鞋の紐《ひも》を締め直し、襷をかけ、鉢巻きを締めた。

土手道に出た音次郎は松林のほうに目を向け、仁王立ちになってつぶやいた。

「きぬ、いま助けにまいる」

第五章　救出

一

小屋のなかで打ち沈んでいるきぬは、膝の上で両手を合わせ、

——どうか、旦那さん来ないでください。

ひたすら同じことを板戸の隙間から入る光の筋を見て祈り、ときどき板戸に目をあてて表の様子を窺《うかが》っていた。男たちの動きは慌ただしかった。

きぬは何の力もない自分に落胆し、こういう運命だったのだとあきらめもした。

膝許《ひざもと》を見つめたままじっとしていたきぬは、ひときわ高い男たちの声でゆっくり顔を上げた。板戸の節穴から射し込んでくる光の筋が、その目を射、思わず顔をそむけた。

そのとき、表に足音がして、板戸が開けられた。いつも呼びに来たり、水や食事を運んでくる岡本八郎助《はちろうすけ》という男だった。

「しばらくの辛抱だ。もうすぐことは終わる」

岡本はきぬの前にしゃがんで、微笑みかけてきた。この男が自分に気があるというのをきぬは薄々気づいていた。目が大きくて色の黒い男だった。

「……旦那さんが来るんですね」

「こなけりゃ困るだろう」

来れば殺される。それは音次郎だけでなく、自分もそうなると、きぬは思っていた。

「あの……」

「なんだ?」

「もし、来なかったらどうなります?」

「さあ、それは……」

岡本はしばらく考えて、それはわからないといった。だが、取り繕ったような眼差しを向けてきて、

「木崎って野郎が来なかったら、おまえのことはおれが面倒見てやる。来ないってことは、木崎がおまえのことを何とも思っちゃいなかったってことだからな」

そういって、にやにやと笑いかける。

きぬは岡本の顔につばを吐きかけたい心境に駆られた。

「どうして、旦那さんのことを知りたいのです？」

これは鹿沼源之助にも何度か訊ねたことだった。

答えは決まって「あることを調べたいだけだ」だった。そのあることとは、きぬにも察しがつくが、その意図がわからなかった。

「そんなのはおれの知ったことじゃない。おれは雇われているだけだ。身過ぎ世過ぎよ。しかたあるまい」

「…………」

「まあ、おとなしくしてな。何かほしいものはないか？」

きぬがゆっくりかぶりを振ると、岡本はその顔を食い入るように見て立ち上がり、そのまま小屋を出て行った。

きぬは閉まった板戸を凝視した。

自分はこの男たちのことを知っている。顔も名も覚えてしまった。旦那さんが、やって来て捕まり、これまでのことがわかったら、おそらく自分はただではすまない。

もし、旦那さんが来なかったとしても、自分は無事にはすまない。

だったら、旦那さんに来てほしくない。自分はもうどうなってもいい。やさしくしてくれた旦那さんだけが生きていればいいのだ。

――お願い、旦那さん来ないで！

きぬは胸の内で悲痛な叫びをあげた。


木崎を見張っていた二人から報告を受けた源之助は、

「よし、これからは手はずどおりに動く。だが、やつは油断がならぬ。決してぬかるでないぞ」

と、みんなを眺め、おさちを監禁している小屋に視線を投げた。

「女を連れてゆくんですか？」

聞くのは岡本八郎助だった。

源之助はしばし考えて予定を変更した。

「いや、女は置いておこう。ともかくここにおびき寄せなければならぬ。安西、板倉、ついてまいれ」

呼ばれた二人が返事をすると、

「平之助、やつは裏をかいてくるかもしれぬ。よもやそんなことはなかろうが、気を抜くな」

「念には及ばぬさ」

平之助は不遜《ふそん》に応じた。その目がいつになくぎらついているのが、源之助には気にかかったが、ともかく松林に行くことにした。

百姓屋に残したのは、五人。

木崎が裏をついて来たとしても、十分対応できるはずだ。

「源之助さん、やつは舟を使わなかったといいますが、ほんとに来るんでしょうね」

安西が隣に並んで聞く。

「来る。女を見捨てるような男ではないだろう」

源之助はそう確信していたし、おそらく木崎又右衛門は、関口甚之助が捜している佐久間音次郎に違いないと思っていた。

「しかし、見張りをしていた吉田はやつを見失っていますよ。尻尾《しっぽ》を巻いて逃げたんじゃないでしょうね」

「……それはないだろう」

見張りの報告では、木崎は河岸道から亀戸村の百姓地に入り、北に向かったという。それは北十間川の方角だ。

おそらくそっちで舟を仕立て、松林にやって来るつもりなのだ。中川に架かる橋はない。舟を使わなければ、絶対に渡ることはできないのだ。

「それにしてもやつは、手紙を読んでもすぐに来ようとはしなかったんです。ずいぶんたってから家を出てるのが気になりませんか？」

源之助は鰓《えら》の張った安西幸之助を見た。

同じ疑問を持っていたからだ。だが、それは女を助けに行くかどうかを迷ったとしか考えられなかった。おそらく思い悩んだ末に、腰を上げたのだろう。何しろおさちは木崎の情婦なのである。どれだけ親密なのか斟酌《しんしゃく》する気はないが、少なくとも木崎は武芸者のひとりだ。薄情にもか弱い女を見捨てはしないだろう。

「……ともかく、やつが家を出たのはたしかだ」

源之助は切り捨てるように安西に答えて、足を速めた。

やがて、三人は中川の土手道に出て松林に入った。

曇天下に広がる景色は、どことなくくすんでいる。畑地が延々と広がっており、ゆるやかに流れる中川の水面は、暗い空を映し込んでいた。

風はほとんどなかった。川岸に繁茂するすすきもじっと動かないままだ。

木崎に指定した場所は、上流から十五本目の松だった。

源之助はその近くまで行くと、適当なところに腰をおろした。

それから北十間川の河口に目を注いだ。

「……おそらくやつは、あの川から舟でやってくるつもりだろう。目を離すな」

二

浅間神社で様子を見た音次郎は、稲の切り株の残る田圃《たんぼ》道を辿《たど》って、目についた百姓屋に探りを入れていった。

きぬを拉致している賊は、例の松林の近くに隠れ家を設けているはずだ。おそらくそう遠くないところだろうと見当をつけていた。

だが、探りを入れた百姓屋には不審な人間も、不審な動きもなかった。

やがて、逆井村と下平井村を隔てる小さな川に出た。中川に注ぐ小川である。

松林に近いのはその川を渡った下平井村のほうだ。音次郎は小川の上流に進んで、渡れそうな場所を探した。間もなく、竹を組んだ粗末な小橋があった。

すでに正午は過ぎている。このあたりには寺が少ないので、時刻を正確に知ることはできないが、雲に遮《さえぎ》られた太陽の位置でおおよその見当はつけられた。

小橋を渡った音次郎は田圃道を辿りながら、またさっきのように数軒の百姓屋を見てまわったが、収穫はなかった。だが、中川の土手道につらなる松並木が見えるあたりに来たとき、気になる家を発見した。

その家は付近の家と何ら変わることのない百姓屋だったが、表道に、尻端折《しりはしょ》りをし、大刀を落とし差しにした草鞋履きの男がいた。見るからに百姓地には不釣り合いの男だ。

音次郎は用心深くその百姓屋に近づいていった。庭には石榴《ざくろ》の木と桜の木があった。庭に面した縁側の雨戸は半分だけ開けられている。

竹藪に身を隠して様子を見たが、家のなかをすべて見ることはできない。庭の隅に小さな小屋がある。

音次郎は家にいる者たちに悟られないように、畦《あぜ》道の段差を利用して裏に回り込んでみた。家のまわりは篠竹《しのだけ》で組んだ垣根になっているが、それはずいぶん傷《いた》んでおり、ところどころが壊れていた。

裏から家の様子を探り、男たちの人数を数えた。五人か六人……。だが、きぬがどこにいるのか見当をつけられなかった。

家の座敷にいるのか、それとも庭の隅にある小屋か……。ひょっとすると、家のなかの物置部屋かもしれない。百姓屋の多くが、漬物などを保管する納戸部屋を作っている。

結局きぬの存在はわからなかったが、男たちの人数はおおよそ見当がついた。

しばらく様子を見たが、大きな変化はない。

竹藪に身をひそめたまま暗い空を見上げる。一雨来そうな空模様だ。その空を渡る三羽の鴉があった。

半刻ほど粘って、百姓屋を離れた。向かうのは中川沿いの土手にある松林だ。こちらにも賊の一味がいるはずだから、自分の身をさらさないように土手や木立に隠れながら接近した。

土手道に人の通りは少ない。野良着姿で牛を追う百姓と、鍬《くわ》を担いで歩く百姓女がいるぐらいだ。野良仕事をしている百姓の姿も遠くに見えるだけだった。

賊がこの地を隠れ家にしているのは、町奉行所の手が及ばない墨引地《すみびきち》の外だからだろう。だが、そんなことはどうでもよいことだ。

音次郎はきぬを救い出しさえすればよいのである。そのために用心に用心を重ねているのだった。

松林に男を発見した。数は三人。ひとりは野袴《のばかま》に羽織を着ているが、あとの二人は襷《たすき》がけだ。いずれも腰に大小を帯びている。

どうするか……。

音次郎は遠くの空を見ながら考えつづけた。

風が出てきた。

じっとしていた雲が動きはじめている。

賊の頭数を考えると、百姓屋にいる男たちを相手にするより、松林で待ち受けている男たちを相手にすべきだろう。

腹を決めた音次郎は、すっくと立ち上がった。そのまま三人の男のいる松林に足を向けた。ぱらっと、雨が落ちてきたのはそのときだった。

強い降りではない。雨は静かに地面を湿らし、乾いた道を黒く染めていった。

松林に入ってすぐ、

「や、やつでは……」

と、ひとりの男が音次郎を認めた。

川のほうを向いていた他の二人も、さっと、振り返った。音次郎は松林のなかを縫うように歩いて、男たちに近づいた。

羽織袴姿の男が、一歩前に進み出た。頭巾は被っていないが、音次郎に久保三郎助と名乗った男だ。とがった顎、高い鼻梁。額の生え際に黒子がある。

「よく来た」

「女はどうした？」

音次郎は久保に応じた。

「女はあとだ」

「それでは約定を違えたことになる。書状には女を連れていると書かれていた」

「女には会わせてやる」

音次郎は眉間《みけん》に深いしわを彫った。きぬは生きているのだ。

「女は無事なのだな？」

「……元気にしている。心配には及ばぬさ。それよりもおぬしの本当の名を教えてくれまいか？」

こういうことを聞くということは、きぬは頑《かたく》なに口を割っていないということだ。

「先夜も同じことを聞いたな。いったい何の目論見があってのことだ？」

「こっちのことなどどうでもよい。ただ、おぬしのことが知りたいだけだ」

「知ったところで何の役に立つ？　わたしは一介の浪人に過ぎぬ」

「そうか、ならばそれはそれでよいだろう。まずは女の顔を拝ませてやる」

なるほど、そういうことかと、音次郎は奥歯を嚙んだ。しかし、もう後には引けない。

「ついてこい」

久保は顎をしゃくった。

それから鰓の張ったひとりに「先に行け」と命じた。すぐにその男は駆け出していった。自分が来たことを仲間に知らせに行くのだ。

駆け去る男を見送った音次郎は、いまここでひとりを倒し、ひとりを人質に取ることができないだろうかと考えた。人質にするなら、久保三郎助だろう。

だが、この男が賊の頭ならともかく、そうでなかったら取り引きは成立しないだろう。

久保にしたがい松林を抜け、土手道を下りて野路に進んだ。

「貴様、久保と申したな。本当の名か？」

「……もう偽名などどうでもよいだろう。鹿沼源之助だ。覚えておくがよい」

ふふふ、と男は笑った。

音次郎は表情をさらに引き締めた。開き直って本名を名乗ったということは、やはり自分を無事には帰さないということだ。

弱かった雨が少し強くなった。

件《くだん》の百姓屋が見えて間もなく、その家の表道に襷がけに尻端折りをした男たちが、ばらばらと姿を現した。その数、四人。

三

――百姓屋に残っているのは何人だ？

音次郎は百姓屋の前に現れた男たちを見ながら考えた。手間をかけてここまでやって来たが、これといった策は弄《ろう》していない。

きぬがいなければ逃げる。いれば、救出しなければならない。もはやここに至ったからには、おのれの力を信じて活路を切り開くだけである。

「おさちはいるのだろうな？」

音次郎は足を止めて、あらためて聞いた。

先を行っていた源之助が立ち止まり、音次郎を振り返った。

「疑り深いやつだ」

源之助がつぶやくようにいった。

「当然であろう。身に覚えのないことで無礼を受けているのだからな」

「……おさちを連れてこい」

源之助の指図でひとりが庭に戻った。

音次郎は仁王立ちになったままそこを動かなかった。百姓屋の前に立っている男たちに目を注ぎ、さらに屋敷内の庭に探る目を向けた。この家の周囲のことはわかっている。逃げる際の経路を頭のなかで整理した。

雨粒が顔に張りついてくる。

「ともかく、話は家でしようではないか。来るんだ」

源之助が屋敷内にうながした。

ついてゆく音次郎は周囲に油断のない目を向け、男たちの動きを警戒した。庭には源之助を含めて六人の男がいた。

「旦那さん、逃げて！　逃げてください！」

突然の声に、音次郎ははっとなった。小屋の前にきぬの姿があった。男に強く腕をつかまれて必死の顔をしていた。

「逃げてください！」

きぬの悲痛な声が、雨を降らす雲に吸い取られた。

音次郎は奥歯をぎりっと噛んだ。

「おさちを放すのだ。あの女には何の罪もない」

「ほう、するとおまえには何か罪があるというのか？　いや、あるに決まっておる」

そういって足を進めてきたのは、戸口のそばにいた男だった。源之助と瓜《うり》二つである。双子だというのは聞き知っていたが、この男には黒子がない。

「平之助、下がれッ」

源之助が強く叱咤《しった》したが、平之助は禍々《まがまが》しい目を音次郎に送りつづけた。その目には殺気がみなぎっていた。

「旦那さん、来ないで！」

必死に叫んだきぬは、男の手を振りほどこうと抗《あらが》っていた。

そのときだった。音次郎の片足に縄が絡まり、ついで横合いから刺股《さすまた》が飛んできた。

相手にはまだ仲間がいたのだ。

「押さえるんだ！」

音次郎が足をすくわれたとき、源之助が号令のような声をかけた。まわりにいた男たちが、餌に食らいつく狼《おおかみ》のように音次郎に殺到した。

片膝をついていた音次郎は、再度投げかけられる投げ縄を抜き払った刀で断ち切り、さらに自分を押さえに来る刺股の柄を叩《たた》き斬った。

がつん。

鈍い音がして、男たちのわめき声が重なった。

退路を開くために、音次郎は目の前にいた男の腕を撥《は》ね斬った。

「ぎゃあー」

腕を斬られた男がのけぞるように後ろに倒れた。片腕が血の筋を引いて宙を舞い、地に落ちた。男たちの輪が、そのことで花が開くように広がった。

「こやつ」

憎々しげにいったのは平之助である。

結んだ口をねじ曲げて、撃ちかかってきた。

音次郎は腰間から刀をすくい上げて、平之助の刀を払うなり、横にいた男の胴を抜いた。

「ぐうぇ……」

奇妙な声を漏らして、男が倒れた。

「斬ってもよいが殺すな、殺してはならぬ！」

源之助の慌てた声がした。音次郎は撃ちかかってくる男たちの刃をくぐり抜けた。めざすは、きぬのいる小屋の前だ。

雨がだんだん強くなってきた。

もうひとりの刀を弾《はじ》き返すと、ようやく乱戦の輪のなかから逃げだすことができた。男たちは横一列になって、音次郎と対峙《たいじ》している恰好だ。その音次郎の背後に、男に捕まえられているきぬがいる。

「木崎、斬り合いをするつもりはない。刀を引け」

源之助が一歩進み出てきていう。

「馬鹿をいうな。先に仕掛けてきたのは貴様らだ」

そういうが早いか、帯にたくし込んでいた差添えを投げた。

差添えは、ビュッ、と鋭い音を立て、雨を切り裂きながらまっしぐらに飛んでゆき、源之助の左二の腕に突き刺さった。

「うっ……」

虚をつかれ、傷を負った源之助の目が血走った。だが、そのことで賊の仲間に一瞬の隙が見えた。

音次郎は素早く後ろに下がるなり、反転した。

男に抱きすくめられるようにしてもがいているきぬの目が救いを求めていた。音次郎は刀を左手に持ち替えるやいなや、一閃《いっせん》の早業で差添えを投げた。

一瞬後、きぬをつかんでいた男の右肩に差添えが突き刺さった。

「うぐッ……」

男は顔を苦痛にゆがませ、きぬをつかんでいた手を放した。そのとき、音次郎は一挙に間合いを詰めており、差添えを抜こうとしていた男の脇腹を深々と刺し貫いた。

「ぐへえっ……」

男は白目を剝《む》いて膝からくずおれ、横向きに倒れた。

音次郎はすぐさまきぬの手をつかんだ。

「こっちだ。来い」

きぬの手を引っ張り、小屋の後ろに逃げた。男たちが追ってくる。音次郎は一度後ろを振り返って、きぬの手を引いたまま古びた垣根に体当たりした。

ぐしゃぐしゃと古竹の壊れる音がして、音次郎ときぬは畑道に飛び出した。

「きぬ、走れるか?」

「はい」

「この道をまっすぐ南へ走れ。浅間社があるから、そこをめざすのだ」

「旦那さんは？」

「やつらの足を止める。さあ、早く」

言葉を交わしている間に、男たちが垣根を破って飛び出してきた。

その数六人。

源之助は差添えによって片腕に傷を負っているが、たいしたことはなさそうだ。

「逃がすな」

源之助がわめいた。

音次郎は駆けてゆくきぬを見てから、迫ってくる男たちに向かって青眼に構えなおした。

「こいッ。容赦はせぬ」

音次郎の鷹のような双眸《そうぼう》が光った。

四

雨脚はさらに強くなり、早くも出来た水溜まりに飛沫《ひまつ》が上がっていた。

すさまじい形相で構えなおした音次郎に、追ってきた男たちの足が止まった。畑道は狭く、人がやっとすれ違えるほどの幅しかない。

畑に回り込んだ者がいたが、ぬかるみに足を取られ、思うように動けないと悟り、すぐに畑道に這《は》い上った。

「何故の所業。誰の指図でこんなことをする？」

先頭の男をにらみ据えながら音次郎は聞いた。

「貴様、生かしてはおかぬ」

先頭の男をかき分けるようにして平之助が前に出てきた。

「平之助、おまえは下がれ、下がっておれ」

慌てて源之助が平之助の後ろ襟《えり》をつかんだ。

「邪魔をするな。もはや金などいらぬッ。おれはこやつを斬る」

「たわけッ！」

源之助が平之助を引き倒そうとした。

「やめねえか！」

平之助が源之助を振り払って、撃ちかかってきた。

音次郎は足を一歩後ろに引いて、平之助の剣先を横へ払った。そのことで平之助は足を滑《すべ》らして、横の畑に落ちた。運悪く、片足をぬかるみに取られ、すぐに這い上がってこれず、悪態をついた。

音次郎はさらに下がった。

「斬ってもよいが、殺すな。殺すんじゃない」

源之助が仲間に声を飛ばす。

音次郎はくるっと背を向けて逃げた。

きぬはもうずいぶん遠くへ行っていた。それを見た音次郎はもう一度、足止めを食わせるために、追ってくる男たちに立ち向かった。

刀を脇に構え、撃ちかかってくる男の刀を撥ね上げ、袈裟懸《けさが》けに斬り捨てた。

「うぎゃあー」

胸から血潮を迸《ほとばし》らせる男は絶叫を上げて、そのまま前のめりに倒れた。

後続の者たちの足がそれで止まった。

「来れば容赦なく斬る」

音次郎の血走った目に恐れをなしたのか、男たちがたじろいだ。

「ええい、何をしておる。引っ捕らえるんだ」

源之助が苛立《いらだ》った声を上げるが、男たちは動こうとしなかった。

音次郎は血糊《ちのり》を落とすために、刀を強く振ると、そのまま後ろに下がり、それからくるっと背を向け、今度は全力で駆けた。

雨が頬をたたきに来る。雨といっしょくたになった汗が目に入る。音次郎はときどき、目をこすって走った。

怯《ひる》んだ男たちは気持ちを立て直したのか、遅れながらも追ってくる。その差は半町ほどついていた。きぬは小川の手前でうろうろしていた。

「きぬ、もっと先だ。先に行け!」

音次郎は走りながら指図した。

いわれたきぬが必死に駆け出した。逆井村と下平井村を隔てる小川の土手だ。小川は中川に向かって流れている。

「もう少し先だ。その先に橋がある」

音次郎は駆けながら指図した。こっちに来るとき、竹を組んだ粗末な小橋があった。

音次郎はその橋を利用している。

小橋の渡された小川は、三、四間の幅がある。飛んで渡るのは不可能だ。

音次郎はきぬに追いついた。後ろを振り返ると、男たちが迫っている。

「こっちだ」

音次郎はきぬの手を引いて駆けた。間もなく粗末な竹橋に辿り着いた。用心しながら渡るが、きぬがよろけそうになる。竹を組み合わせて作られた小橋は、幅一尺強しかない。過って足を滑らせると川に落ちる。

ひやひやしながら橋を渡ると、音次郎はその小橋を川に落とそうとした。だが、すんでのところで男たちが現れ、それを阻止しようとした。

音次郎は差添えをつかんで、橋を渡りかけた男に投げた。

差添えは見事、男の眉間をとらえた。

「ぎゃッ！」

男はそのまま川のなかに落ちた。その刹那、小橋が反転するように動いた。音次郎はそれを利用して、小橋を川のなかに落としてやった。

向こう岸にいた男たちが切歯扼腕《せっしやくわん》の顔で、罵りの声を上げた。

音次郎はそんな男たちを残して、きぬを追った。

「きぬ、中川のほうへ向かえ。こっちだ」

追いついてきぬの手をつかんだ。男たちを置き去りにしているが、それでも二人は先を急いだ。

きぬの息が荒い。

「大丈夫か？」

「ええ、旦那さんは」

「見てのとおりだ。しかし、無事で何よりだった」

「……旦那さんも」

息が上がっているせいで、言葉がつづかない。

やがて中川沿いの土手道に辿り着いた。周囲の景色が、篠《しの》つく雨のせいで烟《けぶ》っている。

「この先に舟がある」

「舟……」

「もう少し先に隠してある」

音次郎は背後を振り返った。追ってくる男たちの姿はなかった。

雨のせいで中川の水嵩《みずかさ》が増している。流れも幾分速くなっていた。

浅間神社の先の土手を下りて舟の舫いをほどくと、先にきぬを乗せて、音次郎は棹を使った。流れに乗った舟は勢いよく川を下った。

「……もう大丈夫だろう」

舟が川中まで進んで、音次郎はやっと安堵の吐息をついた。

「旦那さん……」

きぬが棹を操る音次郎を見てきた。

「なんだ?」

「………」

きぬは言葉をなくしたように、か弱く首を振った。雨に混じった涙がその頬をつたっていた。

五

音次郎を逃した源之助たちは、下平井村の百姓屋に戻っていた。

「手ぬるいからだ」

平之助は唾棄《だき》するようにいって、源之助をにらむ。

「あれほど手強いとは思っていなかったからな」

「それが甘いのだ。くそッ」

平之助は怒りを抑えられないのか、手にしていた湯呑みを壁に投げつけた。

湯呑みは派手な音を立てて土間に散らばった。

「源之助さん、金はどうなるんです?」

聞くのは安西だった。

「無論、払うさ。だが、やつを捕まえておらぬ」

「おれは下りますよ」

そういったのは板倉四十郎《しじゅうろう》という男だった。

生き残ったのは、板の間にいる四人だけだった。脇腹を撫で斬られた吉田市郎には息があったが、あまりにも悶《もだ》え苦しむので、平之助が止めを刺し、楽にしてやっていた。

片腕を斬り飛ばされた仲間は出血がひどかったらしく、源之助たちが戻ったときには死んでいた。

「下りるが、金は払ってもらいます。他の仲間の分ももらいましょう」

板倉はそうしてもらおうではないかと、安西に同意を求めた。

「そりゃ当然のことだ」

「待て。ここであきらめてはならぬ」

源之助は差添えを受けた腕の傷の手当を終えて、安西と板倉を見た。

「あとは源之助さんと平之助さんでやってくれ。おれたちはもう懲《こ》り懲《ご》りだ。だが、これまで働いた金だけはちゃんともらう」

「どうしても下りるというか？」

「手がほしければ他の人間を捜すことです。おれはもうたくさんだ」

安西は鰓《えら》の張った顎を撫《な》でた。

「安西、おぬしも下りるというか……」

「ああ、おれも下りる。あんな野郎が相手では、いくら命があっても足らぬ」

「……そうか」

源之助は吐息をついて、表を眺めた。

さっきまでひどい降りだったが、雨脚が弱くなっていた。

「……金は何とかしよう」

つぶやくようにいった源之助は、関口甚之助と交渉しなければならないと思った。それに今日のことを報告しなければならない。

「源之助、ここはどうする？」

平之助だった。

「こんなところにいたって、もうしようがないだろう」

「……そうだな」

か細い声で応じた源之助は、また表の雨を眺めた。

黙っていると、平之助が言葉を継いだ。

「おれはやつを斬るぜ。何があろうが捜し出して斬ってやる」

源之助は平之助に顔を戻した。

「さっき、斬るつもりだった。だが、思わず足が滑ってそれができなかった。やつに無様な恰好を見せてしまい、とんだ笑い物だ」

「斬るのはやつを捕まえ、口を割らせたあとだ」

「駄目だ」

平之助は首を振る。

「おれはやつを斬る。金などいらぬ」

「平之助」

源之助は平之助をにらんだ。

「つまり、おれもこの仕事から下りるということだ」

そういって、平之助はゆっくり立ち上がった。

「源之助、やるんだったらおまえひとりでやれ。おれはやつを捜して斬る。そうしてほしくないなら、おれより先にやつを捜すことだ」

平之助はそのまま土間に下りた。

「待て、平之助。待たぬか……」

声をかけても平之助は振り返りもせず、そのまま雨のなかに出ていった。

しばらく家のなかに沈黙が訪れた。

雨の音だけが聞こえる。

「さ、おれも行こう」

安西も立ち上がった。すると、板倉も腰を上げた。

「源之助さん、あんたがおれたちをこの仕事に引き入れたんだ。働いた分は払ってもらいますからね」

「………」

「いつ払ってくれます？」

安西が催促《さいそく》した。

源之助は板の目を見つめたまま、

「二、三日内に払うことにする」

「いや、ちゃんと約束してもらいましょう。二日後ですか、それとも三日後ですか？」

源之助は肩を動かしてため息をついた。

「……わかった。三日後に払うことにする」

「頼みましたよ」

安西と板倉も家を出ていった。

ひとり残った源之助は、思い詰めた顔で、暗い板の間に座りつづけた。

六

雨が弱くなると、それまで声をひそめていた鳥たちの声が聞こえるようになった。

中川を下った音次郎の舟は、竪川をやり過ごし、小名木川に入っていた。

「旦那さん、どこまで行くんです？」

「うむ……」

ゆっくり舟を操る音次郎はそれを考えていたのだった。

船会所《ふなかいしょ》を過ぎ、新高橋をくぐったあたりだった。

「もうあの家には戻れぬだろう」

「……そうですね。でも、それじゃいったいどこへ？」

音次郎はきぬを見た。

「ともかく体を温めよう。風邪でも引いたらことだ」

音次郎はしばらく行ったところで、舟を岸につけた。

「……行くあてがなくなったな」

河岸道に上がった音次郎は通りを眺めた。

雨がやみ、水溜まりが雲間から射す光を照り返していた。

「ともかくどこかへ……」

きぬにうながされて、音次郎は歩き出した。着物は汗と雨でびっしょりである。髪も崩れていた。きぬも同じで、髷《まげ》が乱れていた。

高橋を渡り深川常盤《ときわ》町に入って、安そうな飯屋を見つけた。濡《ぬ》れ鼠《ねずみ》になっているが、雨上がりなので不審がられはしないだろう。

それに店は土間に縁台を置いただけの粗末な造りだったので、店の者もやかましいことはいわなかった。ただ注文を聞いて下がっただけだ。

客は他に二組あるだけで、二人はその客から離れたところに座った。

「無事でよかった」

「ほんとに……」

しみじみと応じたきぬの頬に、格子窓をすり抜けてきた光があたった。

待つまでもなく注文の菜飯とみそ汁、香の物が届いた。

二人はゆっくり箸を動かした。店の奥の客は酒を飲んでいるらしく、ときどき朗《ほが》らかな笑い声を上げげた。

「……やつらにひどいことをされなかったか？」

「そんなことはありませんでした。……ただ、昨夜、酌婦の真似をさせられましたが、あとはずっと小屋のなかに閉じ込められてました」

「心細かったであろう」

こくんと、うなずいたきぬの目が赤くなった。瞼《まぶた》にみるみる涙が盛り上がった。

「旦那さんがきっと助けに来てくれると思っていました。でも、来ればあの男たちに何をされるかわからないので、来てほしくないとも……」

「なぜ、そんなことを思った？」

「旦那さんが……大事ですから……」

音次郎は胸を熱くした。

「自分はどうなってもいいと、そんなふうに思ったりもしました」

「……きぬ」

音次郎はきぬに熱い眼差しを送った。

「わたしはどんなことがあっても、おまえを見捨てたりはしない」

「……はい」

蚊の鳴くような声で応じたきぬの目から、ぽろぽろと涙がこぼれた。

「さ、飯を食え」

「はい」

音次郎はやさしく微笑んでやり、菜飯を平らげた。

「さて、これからだが、やつらの正体はわかっていないか？」

「正体はわかりません。でも、旦那さんの本当の名を知りたがっておりました」

「話してはいないのだな」

「はい、何もいってません」

「えらいぞ。しかし、あやつらを背後で操っている者がいるはずだ」

「今日いた男たちと違う人に、あれこれ聞かれたことがあります」

音次郎は目を光らせた。

「それは……？」

きぬは首を振った。

「頭巾をしていたので、顔はわかりません。それに名乗りもしませんでした。けれど、浪人ではなく、ちゃんとした武士のようでした。……若い人じゃありません。その人があの男たちに指図していたと思います」

「きぬのことには気づいていなかったのだな」

「はい。ただ、旦那さんのことだけを知りたがっていただけです」

音次郎は湯呑みを見つめた。茶柱が一本立っていた。

賊が何のためにあんな手の込んだことをしたのか、それがわからなかった。

「これからどうするのです？」

音次郎が考えていると、きぬが声をかけてきた。

「吉蔵と連絡が取れないのだ。何とかしたいのだが……」

「どうしてでしょう?」

「さあ、わからぬ」

「あの家には……?」

「もう戻れぬだろう。戻ればやつらの待ち伏せにあうかもしれぬ」

きぬは一度うつむいて、何かを思い出したように顔を上げた。

「あの……」

「ん……」

「このまま誰にもわからないところに逃げることはできないでしょうか……」

音次郎は格子窓の外に目を向けた。

「江戸を離れてしまえば、囚獄からも逃げられるのではありませんか」

きぬは身を乗り出していった。もちろん声を抑えている。

「そうしたいところだが……」

「いけませんか？」

音次郎はきぬに顔を戻した。

「きぬ、気持ちは同じだ。だが、それでよいかどうか、わたしにもわからないのだ」

正直な気持ちだった。きぬは暗い顔でうつむいた。

「ともかく吉蔵と連絡を取りたい。あとのことはそれからだ」

今回の一件は、吉蔵の耳に入れておくべきだった。

「今夜はどうされます？」

「あの家には戻れないが、ちょっとしたあてがある」

音次郎はお藤の顔を脳裏に浮かべていた。あの女なら相談に乗ってくれるはずだ。

七

下平井村の百姓屋を払った源之助は、夕日に翳《かげ》る自分の孤影を見つめていた。

そこは亀戸村の音次郎の家の近くであった。

――もう歯止めは利かないだろうが、ともかく諭さなければならぬ。

心中でつぶやいた源之助は卒然と顔を上げた。

夕日が憔悴《しょうすい》したような横顔を染めていた。

平之助があの家にいるのは十中八九間違いないはずだ。性格の違いはあるとはいえ、そこは双子であるから考えることはおおよその察しがつく。

件《くだん》の家までやって来た。

木崎と名乗る男は、まずいないはずだ。どう考えてもいるはずがない。そのまま庭を横切るように歩き、戸口前に立った。

人の気配はない。源之助はひとつ息を吸ってから、戸に手をかけて横に開いた。戸は音もなくするすると動いた。

「平之助……」

声をかけると、薄暗い奥の座敷で黒い人影が動いた。

「何をしに来た？」

やはり平之助である。

薄暗がりのなかで双眸を光らせ、のっそりと立ち上がった。

「やつを待っているのだろうが、無駄なことだ」

「なぜ、そうだといえる？」

「おまえにも薄々わかっているはずだ。……無駄なことはやめて、おれについてこい」

「馬鹿を申せ。おまえについていってどうなる。それとも、あの男を見つけてくれるか？」

「捜すのだ」

「どうやって？」

「……わからぬ。わからぬが、考える」

平之助がゆっくり歩いてきた。源之助のそばまで来ると、框《かまち》に腰をおろした。

「やつを討つ」

「討ってどうなる？　清宮は還《かえ》ってはこない」

「もはや清宮のことなどどうでもよい。おれはやつの前で恥をかいた。それが許せぬのだ。このまま黙ってはおれぬ」

源之助は短いため息をついて、

「金にはならぬぞ」

と、いった。

「ふん。目先の金などどうでもいいわい。その気になれば、いつでも稼げる」

「やつは手強い」

「だから、やり甲斐があるのだ」

おそらく何をいっても平之助は聞かないだろう。源之助は説得をあきらめた。

「平之助、ともかく頭を冷やせ。落ち着いたらおれの家に来い」

「……………」

平之助は視線をそらし、一方を凝視していた。

「わかったな」

「待て」

腰を上げた源之助を平之助が止めた。

「あの仕事の裏には何がある？」

「……それは」

源之助は躊躇《ためら》った。弟にはいっていいかもしれない。心が揺れた。

「なんだ？」

「……それはいえぬ。そういう約束なのだ」

平之助は源之助をにらみ据えた。

「相変わらず物堅いやつだ。……そうかおれにも打ち明けられないのか」

「すまぬが、そういうこともある」

源之助はそれだけをいうと、木崎の家をあとにした。

表に出ると、沈みゆく太陽を見ながら、関口甚之助に会わなければならないと思った。

音次郎ときぬに気づいたお藤の足が止まり、

「ま……」

と、小さく声を漏らし、小走りで駆け寄ってきて、

「無事だったのですね。おきぬさんも……」

そういって、まじまじと二人の顔を眺めた。

お藤の長屋の木戸口だった。

「ひとまず胸をなで下ろしたのだが、わたしにはやらねばならぬことがある。お藤さん、きぬをしばらく預かってもらうわけにはいかぬか。行くところがないのだ」

「それは……」

お藤は一瞬、躊躇いを見せた。

「迷惑なら他を探すが……」

「いいえ、お役に立つのでしたらいっこうにかまいません。でも、なぜ？」

お藤は音次郎を遮って、怪訝《けげん》そうな目を向けてくる。

「家には帰ることができぬ。賊が張り込んでいるかもしれないのだ」

「それは……でも佐久間さん、そういうことでしたら御番所に相談なさってはいかがです。何も悪いことはしていないのでしょう」

「そうしたいところだが、込み入った事情があるのだ」

「話せることでしたら話したいのですけれど……」

きぬも言葉を添えた。

お藤は二人の真意をはかりかねる顔をしたが、すぐに口許に笑みを浮かべ、

「それでは聞かないことにします。ともかく家のほうへ」

と、快く受け入れてくれた。

「佐久間さんはどうされるのです？」

きぬを家に入れたお藤が茶の支度をしながら聞いた。

「わたしのことはいい。二、三日うちに事は片づけるつもりだから、その間だけお願いする。話せるときが来たら、そのときにはきちんとお藤さんには話す。申し訳ないが、わかってくれ」

「気になさらないでください。人にはいえないことのひとつや二つあるのはあたりまえです。……どうか、おきぬさんもご安心ください。こう見えてもわたしは竹を割ったような女ですから……」

お藤は鼻の頭に小じわを寄せて、愛嬌のある笑みを作った。

「きぬ、心苦しいが急場しのぎだ。お藤さんがわかってくれて助かった」

「ほんとに助かります」

きぬはお藤に深々と頭を下げる。

「今夜はどうかわからぬが、明日の朝でもまた訪ねてこよう」

「もう行かれるのですか？」

茶を淹《い》れていたお藤が慌てて顔を上げた。

「すまぬ。いろいろとやることがあるのだ。きぬのこと、くれぐれも頼みます」

音次郎は辞儀をすると、お藤の家を出た。

さっきまで町屋は西日に包まれていたが、もう夕靄《ゆうもや》が立ち込めていた。だが、空はまだ青く雲には日の名残《なごり》があった。

音次郎はそんな空をあおぎ見て、視線をゆっくり地上に下ろした。亀戸村の家を探りに行かなければならないが、その前に吉蔵と連絡をつけたい。

もし、連絡がつかなければ、これはいよいよ巧妙な囚獄の罠だったと考えてもよい。

その判断は、今日明日にもつけるつもりだった。

つまり、吉蔵との連絡がこのまま取れないなら、きぬを連れて江戸を離れる。

そう決めていたのだった。

音次郎が向かったのは名無し飯屋である。

これが最後の訪問だと思えば、我知らず気持ちが楽になった。その心の片隅には、何もないでくれという思いがある。本心は過酷な使命を脱し逃げたいのだ。音次郎はそんな自分に気づいていた。

いつものように名無し飯屋の戸を開けた。店の者は何も声をかけてこない。好きなところに腰をおろせば、奥の暗がりから主か下女が注文を取りにくる。

だが、音次郎は店に入ってすぐ足を止めた。燭台の明かりがようやく届く店の隅に、さもその暗がりに溶け込んだようにして座っている男がいた。

男はのっそりと首を動かして、音次郎を見てきた。白く濁った左目は暗がりに翳っているが、ぐりと剝かれた蝦蟇《がま》のような右目はぬめるように光っていた。

「……吉蔵」

音次郎は小さくつぶやいた。

第六章　追跡

一

「申しわけありませんでした。旦那……」

　音次郎がそばに行って腰をおろすと、吉蔵はいつものように、喉《のど》をつぶしたような
かすれ声で謝った。その顔には滅多に見せない気弱さがにじんでいた。

「どうしていたのだ。何度もおまえに連絡を取っていたのだぞ」

　音次郎は咎《とが》めるようにいった。

「こう見えても、あっしもとりあえず人間でございます。ときに食い物にあたること
も……。いえ、旦那のことは気にかかっていたのですが……」

　吉蔵は恥じ入るようにうつむき、厚い唇をこすった。

「すると病に……」

「情けないことに十日ほど臥《ふ》しておりました。どうにか昨日立ち直り、叶屋で旦那の知らせを知りましたが、体が思うようになりませんで……それで今日の昼間、旦那の家のほうに行ったのですが留守でした。おきぬさんの姿もありませんで……」

「そうであったか……もうよいのか？」

「へえ、お陰様で。それで、何かあったんでございますか？　この店にも何度も足を運ばれたということですが……」

吉蔵は店の主からそのことを聞いているようだ。

「のっぴきならぬことが起きたのだ」

「のっぴきならぬこと……」

鸚鵡《おうむ》返しにつぶやいた吉蔵は、両目を細めた。

「命を狙《ねら》われた。いや、このおれを生け捕りにしようとする輩《やから》がいたのだ」

「どういうことで……」

音次郎は鹿沼源之助らに襲われ、きぬを攫《さら》われ、そして無事に救出したことを順を追って話していった。

「賊らを操っている者が背後にいるらしいが、それはわからぬ。その男に一度、きぬは訊問《じんもん》を受けているが、正体は明かさなかったという」

大まかに話したあとで、音次郎は付け加えた。

「賊のことはどうなんです？」

「まとめ役は鹿沼源之助という男だ。この男は双子で弟は平之助という」

吉蔵は双子の名を口のなかでつぶやいて、言葉を継いだ。

「それで、おきぬさんは？」

「お藤という女軽業師の家に預けている」

「女軽業師……」

「うむ、元は御先手組《おさきてぐみ》にいた同心の妻で、亭主は過ちを犯し遠島になっている」

「亭主の名は？」

「滝田彦蔵《ひこぞう》というそうな。その亭主は滝田家の婿養子《むこようし》だ」

「それじゃ牢屋敷《ろうやしき》に入っていたことになりますね」

「いかにも。遠島になったのはこの春だ」

「それじゃ調べてみましょう」

「そうしてくれ。お藤殿に疑わしきところはないが、念のためだ」

「明日にはわかるでしょう。しかし、旦那を襲った賊というのは……」

「それがわからぬのだ。賊の狙いが何であるかも……」

「このまま黙っているわけにはいきませんね」

吉蔵は視線を遠くにやり、しばらく考え込んだ。

「……おれは囚獄の罠《わな》ではないかと疑ってしまった」

さっと、吉蔵が顔を戻した。

「囚獄の……そんなことはありませんよ。囚獄は旦那を頼りにされているのですから、まかり間違ってもそんなことは……」

吉蔵は首を振って否定した。

「ですが旦那、その賊のことは放っておけません。すぐにも何か手を打たなきゃなりません」

「囚獄にもその旨の相談をしたほうがよいのではないか……」

「無論、今夜のうちにも耳に入れるようにします」

「そうしてくれるか。それからひとつ頼みがある」

「何でしょう？」

「夜露をしのぐ場所がほしい。いまあの家に近づくのは危険だ」

「わかりました。それじゃついてきてもらえますか」

吉蔵が連れて行ったのは、土地の者が〝寺裏〟と呼ぶ、深川冬木町の奥だった。仙台堀からの入堀に面しているひどい裏長屋だった。

路地にはごみが散乱しており、どぶ板はほとんどが外れているといってよかった。各長屋の戸も板壁も、斜めになっていたり、剝《は》げかかっていた。戸障子に至っては、ほとんどが破れており、まともなものはひとつもない。

住人はその戸口に座って、気力のない目で焼酎《しょうちゅう》を飲んだり、何がおかしいのかにたにた笑っている。戸口を開け放して、白い肌を剝《む》き出しにしたまま睦《むつ》み合っている男女もいた。それでもまわりの住人は気にしていないようだ。

「こんなところですが、我慢してもらえますか」

そこは厠《かわや》のすぐそばの家だった。夏場なら鼻がもげそうな悪臭がするだろうが、この時期なら何とか我慢ができそうだった。

「……使ってよいのか？」

音次郎は家のなかを一度のぞき込んでから、吉蔵に顔を戻した。

「布団ぐらいしかありませんが、ここはいつでも使えることになっております。まわりの人間も何もいいませんので……」

「それで、明日はどうする？」

「朝のうちに大方のことはすませられるでしょう。昼過ぎに山城橋で落ち合うということではどうです」

「よいだろう」

「それじゃ旦那、明日」

「うむ」

音次郎は吉蔵を見送ってから、与えられた家に入った。

たしかに布団しか置かれていない。他には何も、茶碗ひとつとしてなかった。

「野宿よりましか……」

上がり框《かまち》に腰掛けた音次郎は、ため息をついた。

二

平之助は空腹に耐えかね、南本所瓦町の一膳飯屋《いちぜんめしや》で夕餉《ゆうげ》をすませた。酒を引っかけたいが、「木崎」がいつ帰ってくるかわからないので控えた。その代わり、木崎とおさちについて店の者に訊ねてみた。

「……おいてけ堀に近い屋敷の方ですか……付き合いはありませんし、顔もはっきりとはわからないんですよ」

　と、店の者は妙なことをいう。

「女のほうはどうだ？」

「ときどき見かけますが、話したことはありませんで……」

　木崎とおさちは近所付き合いが少ない。極力避けているといっていいだろう。これは木崎を捜すときに、竪川沿いの町屋で聞いたこととほとんど変わらなかった。

　いまさら木崎なる男のことを探ることはないので、平之助は木崎の家に引き返した。夜空にぽっかり穴を開けたような月が浮かんでいた。

　家に入るときは用心をしたが、不審に思うことは何もなかった。

　居間にどっかりあぐらをかいて、昼間と同じように木崎の帰りを待ち受ける。源之助は木崎は偽名を使っていると考えていた。本名を知りたがり、過去をも知りたがっていた。

　本当にやつは嘘《うそ》をいっているのか。そう思ったので、家探しをした。だが、木崎とおさちのことを証すものは何も出てこなかった。

　源之助はおれに無駄な仕事をさせただけだ。そう思うと、腹立たしくなった。引き入れた仲間が馬鹿らしくなって、〝仕事〟を下りたのはよくわかる。

平之助は煙草《たばこ》入れを出して、煙管《キセル》に火をつけた。

昼間家探ししたので、家のなかは滅茶苦茶だった。箪笥《たんす》の抽斗《ひきだし》を引っ張り出し、そしてひっくり返していた。押入のなかのものも全部表に放り出してあった。平之助は何も見つからない腹立ちまぎれに、襖《ふすま》や障子を蹴倒《けたお》していた。

居間に座っているが茶箪笥もひっくり返しているので、近くには割れた皿や湯呑みが転がっていた。

「くそっ」

煙管を吹かして吐き捨てた。ついでに煙管の雁首《がんくび》を、転がっている湯呑みにたたきつけた。一塊の赤い灰が畳を焦がし、短い煙を立ち昇らせたが、火はすぐに消えた。

平之助はその焦げ目を凝視する。

やつの家はここだ。女を連れて逃げたとはいえ、いずれ帰ってくるはずだ。無論、今日明日は自分たちのことを警戒して様子を見るだろうが、帰ってこなければおかしい。

平之助はそう思うからこそ、待っているのである。

しかし、決して気の長い質《たち》ではない。今夜帰ってこなければ、明日はいったん自分の家に戻り、もう一度出直そうと考えた。

何も急いで木崎を倒すことはないのである。明後日でも、いや十日先でもかまわない。

「そうだ。急ぐことはない」

平之助は独り言をつぶやいた。

「ともかく、明日の朝まで待ってみよう」

三

音次郎はその朝早く、冬木町の裏長屋を出た。

何ともひどい長屋で、突然夜中に夫婦喧嘩《げんか》がはじまったかと思えば、奥の井戸端でわけのわからない唄を、大声で歌う女がいた。その騒ぎが落ち着くと、今度は野良犬の喧嘩がはじまり、その野良犬を追い払う酔っぱらいの声で起こされもした。

ところが朝を迎えると、昨夜の騒ぎが嘘のように静かであった。どうやら朝の早い他の町人らと違い、この長屋の住人たちは昼近くまで寝ているようだ。

表に出た音次郎は、しばらく時間をつぶさなければならなかった。町は深川を縦横にめぐっている堀川から立ち昇る朝霧にうっすらと包まれていた。

東の空には夜明けの色がにじんでいるが、太陽が昇るにはいましばらく時間がかかるだろう。河岸沿いの道をゆっくり歩き、海辺橋を渡って本所のほうに足を向けた。先に、死んだ清宮礼次郎の女・染の家に行ってもよかったが、芸者という仕事を考えると、少し酷な気がする。それに、昼近くに訪ねても間に合うことだ。

音次郎が向かうのは、清宮礼次郎が師匠と慕っていた鹿沼平之助の家である。

平之助は、昨日は下平井村にいたが、自分たちを逃がした以上、あの百姓屋に留まっているとは思えない。もし、平之助が家にいるようだったら、締めあげて誰の差し金なのか、それを聞き出したい。

彼らの真の狙いを知りたいし、黒幕の正体も暴きたい。そう思うのは当然のことであろう。竪川を渡ったとき、雲間から朝日が地上に射し、町屋がぱあっと明るくなった。

北割下水を越えるころには、町屋を包んでいた朝霧も晴れ、通りに納豆や豆腐の棒《ぼ》手《て》振《ふり》の姿を見るようになった。

本所松倉町の平之助の長屋に着いた。

路地には住人の姿があり、厠から戻ってくる者もいれば、井戸端に行く者もいる。各家々で焚《た》かれる竈《かまど》の煙が路地に充満していた。

見慣れない音次郎に住人らが奇異の目を向けてきたが、二本差しの武士だから遠慮をしているのか、声をかけてくる者はいなかった。

鹿沼平之助の家の前で立ち止まると、一度声をかけた。返事はない。耳をすまして、家のなかの気配を感じ取ろうとしたとき、

「鹿沼さんだったら留守ですよ」

と、通りがかったおかみがいう。

「昨日帰ってきたのではないか?」

「いいえ、このところずっと留守で、どこに行かれたのやらと、噂《うわさ》をしていたところです。それにしてもいつ帰ってくるのやら……」

おかみは乱れた髪を手櫛《てぐし》でうしろに流しながら、ひょいと肩をすくめた。

音次郎はもう一度目の前の腰高障子を眺めて、きびすを返した。

帰っていないということは、まだあの百姓屋にいるのか……。そうであれば、もう一度下平井村まで出向かなければならない。

しかし、その前にやることがある。

今度はお藤の家に向かった。

「旦那さん」

お藤の長屋に入ると、井戸端で洗い物をしていたきぬが気づき、腰を上げた。すると、お藤も家のなかから出てきて、顔を輝かして朝の挨拶《あいさつ》をした。

「昨夜は世話になった」

音次郎は挨拶を返して、お藤に礼をいった。

「気になさらないでください。わたし、すっかりおきぬさんのことが気に入りました」

「そういってもらえると気が楽になる」

「旦那さん、すっかりお藤さんにはよくしてもらいました。でも、今日はどうすればよいのでしょう?」

そばにやってきたきぬが、戸惑いを見せた。

「そのことだが、今日一日で片がつくとは思えぬ。お藤さん、迷惑は承知だが今日も世話になってよいだろうか」

音次郎はきぬからお藤に目を向けた。

「迷惑だなんて、わたしはちっともそんなこと思っておりませんから。それにおきぬさんといると気が紛れます」

「仕事もあろうに」

「それもご心配いりません。ちゃんと考えていることがあるんです。そのことで出かけますけど、おきぬさんに留守を預かっていただきますわ。ああ、おきぬさん、それはわたしが持ちましょう」

お藤はきぬの洗った食器を受け取ると、家のなかに引っ込んだ。

「すまぬが、今日も世話になってくれるか」

「旦那さんがそうしろというんだったら、そうします。でも長くかかるのでしょうか?」

「わからぬが、昨夜ようやく吉蔵にも会えたことだし、早く片づけたい」

「吉蔵さんに」

きぬは目を見開いてまばたきをした。

「うむ、どうやらわたしの思い過ごしだったようだ。あの男、食あたりを起こして床に臥せっていたそうだ」

「吉蔵さんがですか……」

「うむ。自分も人並みの人間だからと、恥ずかしそうにしていた。だが、吉蔵と会えたので例の賊の正体を暴かなければならぬ」

長屋の住人がそばを通ったので、音次郎は声をひそめた。お藤が家のなかからいま茶を淹《い》れると、声をかけてきた。

「お藤さんのことは信用してよいのですね」

「うむ」

「旦那さん……」

おきぬが音次郎の袖をつかみ、視線をからめてきた。めずらしいことだ。

「いかがした？」

「きぬはもっと強くならなければならないと思います。小屋に閉じ込められたとき、そう思いました。命あるかぎり、強く生きなければならないと……」

「そうか。いい心構えだろう」

「それから旦那さん……」

「………」

「お藤さんとは何ともなかったのですね」

きぬの目に嫉妬《しっと》の色が浮かんでいた。

「馬鹿を申せ」

「何もないのですね」

今度は咎めるような目でにらんできた。

「あたりまえだ」

「でも、お藤さんはきっと旦那さんのことが好きです。わたしにはわかります」

「これこれ、きぬ。朝から何をいうのだ」

そこへ下駄音がして、お藤が戸口に現れた。

「佐久間さん、どうぞお茶を召しあがってくださいな」

「せっかくだ、馳走になろう」

音次郎が応じると、お藤はまた家のなかに戻った。

「旦那さん、信じていいのですね」

今朝のきぬはしつこい。

「裏切ってはおらぬ」

四

お藤の家で茶を一杯だけ馳走になった音次郎は、染の家に向かっていた。

恥じらいながら嫉妬するきぬをまざまざと見たが、なんだか面映《おもは》ゆい心持ちだった。

女心はなかなか微妙なようだ。

ともかくきぬの疑いを払ってやったことで、少しは安心しているはずだ。

音次郎は小名木川を渡って、再び深川に入った。

すでに日は高く昇っている。

さっき、朝五つ（午前八時）の鐘を聞いたばかりである。

芸者の染には早い時間であろうが、どうしても聞かなければならないことがある。

深川山本町の染の長屋にはのんびりした空気が流れていた。

井戸端で三人の女が洗濯をしながら世間話に興じていた。ときどき赤ん坊のぐずる声が聞こえた。

多くの家の戸は開けっ放しだが、案の定、染の家の戸障子だけは、しっかり閉まっていた。まだ寝ているのだろうが、かまわずに声をかけた。

「誰だい？　こんな早くに……」

寝ぼけた声が返ってきた。

「先日、清宮のことで訪ねてきた者だ」

そういうと、

「ちょ、ちょいとお待ちを……」

声を返した染が慌てるのがわかった。それからすぐに、がらっと、戸が開けられた。化粧をしていない染は、半病人みたいに顔色が悪かった。

「礼さんがどこにいるか知りませんか？」

音次郎が問いかける前に、染が落ち着かない様子で聞いてきた。

まさか、自分が殺したとはいえない。

「いや、それはわからぬ。朝早くにすまぬが、この前教えてもらった鹿沼平之助のことだが、もうひとり源之助という双子の兄弟がいるな」

「そう聞いてます」

染は頼りない返事をした。

「その源之助の家を知らないか？」

「いえ、わたしは源之助さんのことはよく存じておりませんで……でも、どうして二人のことを聞かれるんです？」

「いろいろあるのだ。知らぬか？」

「はい、わたしにはわからないことです。それより、礼さんのことを知りませんか？ちっとも沙汰《さた》がないのです。旅仕事に出るときに、ときどき連絡をすると約束しているんですけど、何もないのですよ。こんなことは初めてのことで、もしや何かあったのではないかと心配しているのです」

「申し訳ないが、清宮のことはわからぬのだ」

「家に行っても留守のままだし……いったいどうしたというんでしょう……」

「何かわかったら連絡するようにいっておこう」

「お願いします。もし、礼さんに会うことがあったら、わたしが夜も眠れずに心配していると伝えてください」

「承知した」

気が重くなったが、そういうしかない。

音次郎は染の長屋を出ると、朝餉《あさげ》と昼餉を兼ねた食事をゆっくり取り、吉蔵と待ち合わせの山城橋に足を運んだ。

待つまでもなかった。吉蔵はすでに来ていた。

「早かったではないか」

「思いの外手間取りませんでしたので……」

「すると、鹿沼兄弟のことがわかったのか？」

音次郎は目を輝かせた。吉蔵は首を振った。

「……鹿沼兄弟については何もわかりません。ですが、手はまわしてあります」

吉蔵は橋の欄干《らんかん》に手を置いて、六間堀に視線を落とした。川底に鮒《ふな》と泥鰌《どじょう》の姿が見えた。

音次郎は吉蔵の横顔を眺めた。吉蔵にどんな協力者がいるのかいまだにわからない。おそらくそれを知っているのは、吉蔵本人と囚獄だけなのだろう。

「旦那の話を囚獄に伝えましたところ、ずいぶん深刻な顔をされました」

吉蔵が言葉を継いだ。

「旦那のことがどこかで漏れているのではないかと……」

「まさかおれがしくじりをしていると思われたのではないだろうな」

「わかりません」

「まさか、晋一郎が……」

音次郎はまだ若い浜西晋一郎の顔を脳裏に浮かべた。敵《かたき》を討つのだと、しつこく自分をつけ狙っていたが、それは断念しているはずだ。すでに話はついている。それに、晋一郎が自分のことを他に漏らすとも思えない。

お人好しかもしれないが、音次郎は晋一郎が裏切るはずはないと思った。

吉蔵が音次郎に顔を向けた。

「旦那、囚獄は旦那を襲った賊の正体を、慎重を期して暴けと命じられました」

「もとよりそのつもりだ」

「それから、お藤という女の亭主のことです」

「わかったか」

「滝田彦蔵という囚人はたしかにおりました。同じ御先手組の者を斬ってしまったということです。どうやら旦那がお藤という女から聞いたことに嘘はないようです」

「そうであったか」

「つまるところ、お藤は旦那のことは何も知らないということです。それで、これからどうします？」

「うむ。まずは亀戸の家を見に行きたい。賊の一味が張り込んでいるかもしれない」

「それじゃそこから手をつけましょう」

欄干から手を離した吉蔵の右目が、日射しを弾《はじ》くようにきらりと光った。

「今朝調べたことがある」

音次郎は歩き出してからそういった。

「なんでしょう？」

「鹿沼平之助の住まいをあたったが、留守のままだ」

「どうやって住まいを知りました？」

音次郎は賊のひとりであった清宮礼次郎を斬り、所持していた匂い袋を手掛かりに、清宮の情婦である染を突き止め、そこから平之助の家を知ったことを話した。

「……お藤という女は案外、役に立つではありませんか」

「うむ。きぬも世話になっている」

「いい助ができましたね」

それには、音次郎は何も答えなかった。

竪川沿いの河岸道を歩いていた二人は、三ツ目之橋を渡った。

五

亀戸村に入ると、吉蔵と共に賊の張り込みを警戒し、入念に付近を見まわったが、あやしい人影ひとつなかった。拍子抜けだった。

ただし、家に入ると様子は違った。

屋内はそこらじゅうが荒らされ、まるで泥棒に家探しをされたような有様だった。簞笥はすべてが倒され、抽斗という抽斗はすべてひっくり返されていた。そうはいっても、もともと持ち物が少ないのでさしたる被害ではない。

もし、再び住むとなれば、破れたり壊れたりしている障子や襖をなおし、片づけをする程度ですむだろう。

「……旦那の正体を知ろうと、あれこれ調べまくったんでしょう」

吉蔵があきれたように首を振る。

「探しまわっても何も出てはこないさ」

普段からその辺のことには気をつけている。きぬも然りだ。

「しかし、賊はおれときぬが逃げたあと、一度ここに来ているということだ。……しつこいとしかいいようがない」

「旦那のいう百姓屋はどうなってるんでしょう？」

「行って調べる。相手が人を増やしていなければ、二人で何とかなるはずだ」

「まずは、ひとりでもいいから捕まえて口を割らせましょう」

二人は亀戸の家を出ると、竪川まで戻り舟を仕立てた。船頭なしの貸し切りだ。

舟は吉蔵が操る。音次郎は舳先《へさき》のほうに腰を据えて、じっと前を見ていた。

「旦那、こうやって旦那と二人で舟に乗っていると、なんだか……」

声をかけてきた吉蔵は途中で言葉を切った。

「……何だ？」

音次郎は振り返った。吉蔵はめずらしく照れたような笑みを浮かべた。

「こんなときにいうことじゃないでしょうが、旦那といると、妙に落ち着くんです」

「…………」

「旦那はあっしのような男でも、分け隔てがない。……たいていの者は白い目で見るか、避けるように逃げるし、話しかけても返事もしません。ところが、旦那は別だ。あっしのような人間でもまともに付き合ってくださる」

「……自分のことを卑下することはなかろう」

「いいえ、あっしは生まれつき、日向《ひなた》を歩くことのできないような人間なんです。日の当たらない薄暗い陰で生きるしかないんです」

「……だから、こういう役目についていると申すか」

「それもありましょう。だけど、旦那とお付き合いさせていただき、長くはありませんが、旦那は他の者とは違う。囚獄もお目が高い」

「よく思われるのは嬉しいが、何の因果でおまえはこの役目を……」

これまで聞いたことのないことだった。また、聞いたところで吉蔵がしゃべるとも思わなかった。

「……おまえも牢に入っていたのか？」

「あっしは……」

違いますと、吉蔵は首を振った。

「深いことはあまり話したくありませんし、聞かないほうがいいでしょう」

「ならば、話したくなったときに聞かせてくれ」

「旦那のそういうところが好きなんですよ」

吉蔵はまぶしそうに空をあおいで、棹《さお》を川底に突き立てた。

舟はぐいぐいと、力強く進む。

「親兄弟はどうしているのだ？」

音次郎は中川に近づいてから、再び問いかけた。

「いません。どこで生まれたのか、親が誰であるのか、それもわかりませんで……。運良く拾われて、育てられたようなもんです。その育ての親も、あっしが十にならないうちにいなくなりました。……それからは、ひとりです」

「十歳からひとりで生きてきたというのか……」

「さようで。……もうこの辺で勘弁してください」

吉蔵がいかに過酷な生き方をしてきたか、それはわからない。しかし、人並みの幸せを味わっていないだろうことだけは察しがついた。

舟が中川に出ると、吉蔵は櫓《ろ》にかえた。

ぎっし、ぎっしと櫓が軋《きし》み、舳先が水をかき分ける。

音次郎は浅間神社の先、例の松林の近くまで舟を進めさせた。賊に追われたとき落とした竹の小橋がそのままなら、小川を渡るのに難渋する。

「百姓屋までほどないが、用心を怠るな」

音次郎は舟を降り、土手道に上がってから吉蔵に注意を与えた。

しかし、亀戸の家と同じで賊の姿はなく、百姓屋ももぬけの殻《から》だった。

「引き払ったか……」

居間に上がり込んだ音次郎は、がらんとした家のなかを見渡した。

「旦那に逃げられたのでアシがつくのを恐れているはずです」

「この家のことを調べたら賊のことがわかるかもしれぬ」

吉蔵は首を振った。

「空き家をその場しのぎで借りただけか、勝手に使ったかのどちらかでしょう。旦那の話からすれば、賊はそんなヘマはしていないでしょう」

音次郎もそうかもしれないと思う。それでも一応家のなかをあらためた。しかし、何も賊につながるものは発見できなかった。

「旦那、賊を追う手掛かりは消えてしまったってことでしょうか？」

「いや、そうとはいい切れぬ」

音次郎は開け放った雨戸の向こうに視線を投げた。自分は賊のひとりである鹿沼平之助の家を知っている。

今度はこっちが待ち伏せをする番だ。

心中でつぶやいた音次郎は、ゆっくりと奥歯を噛《か》んだ。


その朝、音次郎の亀戸の家を出た平之助は、中川の畔《ほとり》の土手道に腰をおろしていた。口にすすきの枝をくわえ、対岸の松林のほうに目を向けつづけていた。

おれの考えは間違ってはいなかった。やはり木崎の野郎は戻って来やがった。それも仲間をひとり連れて……。

ふふふと、平之助は楽しそうな笑いを漏らし、くわえていたすすきの枝を吹き飛ばした。

木崎と連れの男がまた土手道に現れた。周囲を見まわし、舫《もや》っていた舟に戻った。

その舟が岸辺を離れたのを見て、平之助は尻を払って腰を上げた。そのまま土手道に繁茂しているすすきにうまく身を隠しながら、舟を追いつづけた。

行き先を突き止めたら、一気に木崎を始末する。数日待つことは覚悟していたが、こんなに早く見つけられるとは思わなかった。

――ツキはこっちにある。

平之助はにやりと、頬《ほお》に笑みを浮かべた。

ところが舟は川を下るので、思いの外速い。平之助は流れに乗った舟を追うために、小走りにならなければならなくなった。

いつの間にか平之助は汗だくになっていた。噴き出す汗は頬をつたい、顎《あご》からしずくとなって落ちた。滝のように流れる汗を着物が吸い、かつ肌に張りついてきた。

だんだんに息も上がり、こっちも舟を用意すべきだったと思ったが、あとの祭りだった。それでも必死に見逃すまいと追いつづけた。

追いつづけたが、それも竪川の河口までだった。木崎の舟はそのまま さらに下流に向かっていったのだ。

平之助は竪川の河口で足止めを食う恰好《かっこう》になった。舟を追うためには竪川を渡らなければならないが、橋は西のほうへ二町ほど行かなければない。その間に、舟を見失ってしまう。ただ、こうやっているだけで木崎の舟は小さくなっているのだ。

平之助は地団駄を踏む思いで、悔しそうに口をねじ曲げた。

「くそっ」

六

伜《せがれ》の勘右衛門が訪ねてきたのは、風が涼しくなった昼下がりだった。

関口甚之助はいつものように、勘右衛門を奥座敷にいざない、人払いをした。

書院風の奥座敷は障子越しのあわい光で満たされている。

「逃がしたと……」

大まかな話を聞いた勘右衛門は目を瞠《みは》った。

「今朝、鹿沼源之助が訪ねてきてそう申した」

「まさか、わたしの名が漏れたりなどしていないでしょうね」

「その心配は無用だ。源之助は口の固い男だ。それに、よもやこの話が目付役であるおまえから出たことは一切わからぬ。もし源之助が漏らしていたとしても、わしのところで止まるだけだ」

甚之助が首を振りながら、安心せいと宥《なだ》めるようにいってやると、勘右衛門は小さな安堵《あんど》の吐息をついた。

「しかし、木崎という男のことは何もわからずじまいということですか」

「佐久間音次郎であるかどうか……それはまだ霧のなかだ」

「何としてでも取り押さえ、口を割らせたいものです」

「勘右衛門、いま思えばわしのやり方が手ぬるかったのかもしれぬ」

「それは……」

勘右衛門は身を乗り出すようにした。

「あくまでも木崎を捕縛することを考えていたが、こうなったからには斬り捨ててでも、木崎なる男を捕らえたほうがよいのではないか……。死体であっても問題はなかろう」

勘右衛門は乗り出していた身を引き、扇子で自分の膝《ひざ》をぺしりとたたいた。

「死体の顔検分をするということですか？」

「いかにもそういうことだ。源之助は引き入れた仲間を殺されている」

甚之助はまじまじと勘右衛門を見つめた。勘右衛門も父親の目をじっと見てそらさなかった。やがて、その頬がぴくりと動いた。

「……木崎なる男は、源之助の仲間を何人倒したのです？」

「五人だ」

「五人をひとりで……」

勘右衛門は驚きに目を瞠った。

「それだけ腕の立つ男だ。生け捕ろうとすれば、また被害をこうむる。見つけ次第、一気に仕留め、顔検分すれば、それですむのではないか……」

「もし、その木崎なる男が佐久間でなかったならいかがします？」

甚之助は倅の心中を慮《おもんばか》った。勘右衛門はれっきとした公儀目付である。死体の顔検分をするためには、それなりの理由がなければならない。その理由を考えているのだ。

「勘右衛門、案ずることはない。死体を見つけたということにすればよい」

「もし、そうであれば、決して人目につかないところで、それもひそかにやらねばなりませんよ」

「いわれるまでもない。その辺はうまくやるだけだ。だが、ちと問題がある」

「何でございましょう？」

「源之助は木崎を逃がしてしまったが、これまで働いた分をもらいたいといってお
る」

「金ですね」

「無論、これからも協力は惜しまないということである。それに約束の残り金全部を渡すことはなかろう。何しろやつらはしくじったのだからな」

「父上、ここであきらめるわけにはまいりません。源之助には引きつづきやってもらいましょう。金のことはご心配いりません。もちろん、何百両と吹っかけられてはたまりませんが……」

「そんな大金ではない。ひとまず七十両もあれば十分だ。それも今後の支度金を入れてのことだぞ……」

「承知いたしました。今夜にでも届けることにします」

「ともかく、おまえの出世のためだ。多少の入り用はしかたあるまい」

「よく心得ております」

「わしの楽しみは何よりおまえの出世だ。その日の晴れ姿をいまも思い描くことができる。勘右衛門、その日が楽しみだのう」

「それは父上のお力添えがあったればのことです」

「ふふ、よくわかっておる。わかっておる」

父と子はどちらからともなく笑いあった。

木崎の舟を見失ってしまったが、平之助は落胆などしなかった。自分の考えに間違いないと、これで確信をしたからだ。

いずれ、あの男は亀戸の家に戻る。その日は遠くないはずだ。こっちはそれを待つだけでよい。

七

──慌てることはない。

胸の内にいい聞かせる平之助は、深川にやってきていた。

音次郎の舟がこっちに来たのではないかと見当をつけたのではない。たとえ、そうだったとしても、深川は狭いようで広い。たった一艘《そう》の舟を探すのは並大抵ではないし、舟の特徴も定かでなかった。どこにでもある猪牙舟《ちょきぶね》だったのだ。

傾いた日の光を照り返す亥《い》ノ堀《ほり》沿いを歩き、相掛自分橋を渡った平之助は、深川山本町に入った。静かな町屋だ。これといった大きな店はなく、表通りには小店が並んでいる。

道端で縄飛びをして遊んでいる子供たちがいた。

無邪気な笑い声を聞くと、荒《すさ》んでいる気持ちが癒《いや》される。染の長屋に入る木戸口で、鬢盥《びんだらい》を提げた廻り髪結いとすれ違った。

もう日暮れが近い。染の髪を結いに行ったのかもしれない。髪結いの後ろ姿を見送って、染の家を訪ねた。

「お染、いるか？　鹿沼平之助だ」

声をかけると、はっと息を呑むぐらいの間があり、すぐに返事があった。

「お待ちを……」

ばたばたと足音がして、腰高障子が開いた。

やはり髪を結ったばかりらしく、染は何ともいえぬ髪油の香りをさせていた。

「礼さんはいっしょじゃないんですか？」

染は挨拶も抜きに、清宮礼次郎のことを口にした。

「そのことで話に来たのだ。邪魔するが、よいか？」

「もちろんでございます。どうぞ」

平之助は染にいざなわれて家のなかに入った。染は浴衣姿で、化粧をするために両肩を半分落としていたが、そのまま茶の支度にかかった。

「茶はいい。できれば酒を一杯もらえないか」

「お酒……ようござんすとも。それじゃお待ちを」

「冷やでよいからな」

「はい、すぐに……」

台所に立った染は酒の支度をしながら、

「旅の仕事はうまくいったんでござんすか？」

と、平之助の顔色を窺《うかが》うように見る。

「うむ……そうだな」

としか平之助は答えない。染がさも気がかりだという顔を向けてくる。

「それで礼さんの話って、何でございましょう？」

染がもっとも知りたいのはそのことだ。平之助は染と清宮礼次郎が、相思相愛であるのをよく知っている。

「まずは酒を……」

そういう平之助の前に、染がぐい呑みになみなみとついだ酒を持ってきた。早速口をつけて、一口あおった。ふっと、大きく嘆息する。なんだか疲れが抜けるような心持ちだ。

「礼次郎は殺された」

じっと染を見ていった。

とたん、染は息を呑み、信じられないように目を瞠った。

「……こ、殺されたって、どういうことです？」

「喧嘩を売られたのだ。礼次郎が悪かったわけではない」

牢破りをした木崎を捕縛に行ったといえば、話がややこしいので、そういった。いずれにしろ殺されたのに変わりはないし、下手人もわかっている。

「け、喧嘩で……それで、斬られたのですか……？」

「助太刀に走ったときは間に合わなかった。……船橋のほうでな」

死体のことも面倒なので、わざと遠い場所を口にした。

「う、嘘でしょ」

染は瞼《まぶた》を赤くしたが、涙は流さなかった。

「……わたしの落ち度だ。だが、斬った相手はわかっている。わたしは敵を討つ」

うつむいていた染が、さっと顔を上げた。

「それは誰です？　どういったわけで喧嘩になったのです？」

「喧嘩のもとはわからぬ。だが、相手のことは少なからずわかっている」

「そんなことが……で、でもほんとに礼さんが……」

染はさらしている肩をがっくり落としてうなだれた。

「おまえさんに黙っているわけにはいかぬから、そのことを知らせに来たのだ。こんな話は聞きたくなかっただろうが……」

染は何も答えず黙り込んだ。平之助も黙って酒を舐《な》めた。

――しばしの沈黙。

「お染、敵は必ず討つ」

「だからといって礼さんが帰ってくるわけではありません」

染は膝許を見つめたままつぶやく。

その目から大粒の涙が、ぽたっと、音を立てて落ちた。

平之助は声をかけにくくなり、黙って酒を舐めた。それからしばらくして、

「何か変わったことはなかったか?」

と、聞いた。

染は黙したまま首を横に振った。

「……そうか、ともかく気の毒なことをした」

と、目を真っ赤にした染の顔が上がった。

「そういえば、礼さんのことを訪ねてきたお侍がいます。その人は鹿沼さんのことを

聞かれました」

「なに……」

平之助はぐい呑みを置いた。

「それに今朝も、鹿沼さんのお兄さんの家を知らないかとやってこられました」

「同じやつか？」

「はい」

「名は？」

「聞いておりません。大きな体の人で、深編笠を被《かぶ》っておられました」

「なに……」

平之助は片眉を動かして、眉間《みけん》にしわを寄せた。木崎では……。

「お染、その男はどんな顔をしていた？」

この問いに、染はすらすらと答えた。

年は三十過ぎ、頑丈そうな体、眉が濃く目つきが鋭く、唇が厚かったという。

木崎に似ていると思った。

「その方はどういうわけか、礼さんにあげた匂《にお》い袋を持っておいでした」

「なんだと……」

平之助は宙の一点を凝視した。木崎に違いない。礼次郎の死体を探り、匂い袋を手にしたのだ。しかし、どうやって染を突き止めることができたのだ？

「さっき、わたしのことをその男が聞いたといったな。まさか、家を教えたのではあるまいな」

「いえ、差し支えないだろうと思って話しました」

「なんだと……」

平之助はぐい呑みを強く握りしめた。

「いけませんでしたか……」

染が怯《おび》えたように聞く。

平之助は一気に酒をあおり、もう一杯くれと酒を所望した。口の端についた酒を手の甲でぬぐい、宙の一点を凝視する。

木崎だ。あの男が来たのだ。すると、自分の家を訪ねているかもしれない。それはつまり、自分を捜すために……。

ということは、自分がやつを捜さずとも、向こうからやってくるということではないか。

――おれのツキは落ちていない。

そう思った平之助の目が獣のような光を帯びた。

そのとき、視界に入ったのが、染の白い肩だった。しゃがんでこっちに向けている丸い尻。裾《すそ》にのぞく細い足首。

血の騒ぎを覚えた平之助は、自分の欲情を抑えることができなかった。これから本気で人を斬るという興奮が、勃然《ぼつぜん》と男の欲情をあおり立てたのだ。

平之助は酒を運んで来た染めの腕をつかんだ。染はびくっと手を引こうとしたが許さなかった。ぐい呑みが倒れ、酒がこぼれた。

平之助は勢いよく染を引き寄せると、その口を塞《ふさ》ぎ、

「声を立てるな」

と、低声で強くいって、空いている手で染の浴衣を引き剝いだ。白い肌が露《あら》わになり、夕日に染まった障子越しのあわい光が染の体を包んだ。平之助は抗《あらが》う染にはかまわず、豊かなふくらみに顔をよせ、自らの下帯を剝ぎ取って上に重なった。

「悪く思うな。敵は必ず討つ」

「ううっ……うう……」

首を振って抗う染の口を塞いだまま、平之助は強引に犯した。深く突き入れると、染は眉間にしわをよせて観念した。

「敵は必ず討つ。わたしにまかせておけ。よいな、よいな……」

平之助が激しく動き出すと、染はにわかに恍惚《こうこつ》の色をその目にありありと浮かべ、短くうめきに似たあえぎ声を漏らすや、両腕を平之助の背中にまわしてしがみついてきた。

第七章　旅立ち

一

吉蔵が案内したのは、深川洲崎《すざき》の小さな庵《いおり》だった。亀戸村にはしばらく住めないと考えてのことである。周囲は松林で海が近かった。家は小さいが、音次郎ときぬには十分だった。その家の下見をして、音次郎と吉蔵は別れた。

「旦那、ともかく鹿沼という兄弟のことを突き止めますので……」

別れ際、吉蔵はそういった。

それから半刻《はんとき》ばかりがたっていた。空はきれいな夕焼けを呈しており、雁《かり》の群れが暮れなずむ空を渡っていた。

音次郎は鹿沼平之助の住まいに近い、北割下水までやって来ていた。

賊は下平井村の百姓屋を引き払い、亀戸村の家の近くにもいなかった。そのまま解散したとは思えないが、いったん自分のねぐらに戻るのではないだろうか……。普通ならそうするはずだ。なぜなら、賊は自分ときぬの行方を知らない。

平之助の長屋近くまで行ったが、長屋には足を踏み入れなかった。その長屋の木戸口の見える一膳飯屋《いちぜんめしや》に入って様子を見ることにした。腹ごしらえを兼ねてのことでもある。

格子窓の向こうに、軒行灯《のきあんどん》や提灯《ちょうちん》に火を入れる店がある。家路を急ぐ職人に、子供たち。江戸の一日が終わろうとしている。

飯が運ばれてきたので、音次郎は早速箸《はし》をつけた。

そのころ、平之助はまだ染の家にいた。

煙管をゆっくりくゆらし、これからのことをぼんやり頭の隅で考えていた。すぐそばで、染が汗ばんだ体を拭《ふ》き、物憂い顔で髷《まげ》を整えている。

かーん。

平之助は煙管の雁首を灰吹きに打ちつけると、差料をつかみ取り、卒然と立ち上がった。

「染、また来る」

染は得もいえぬ愁《うれ》いのある目を平之助に向けた。

「……礼さんの敵を討つのですね」

「うむ」

「……討ったら、きっと来ておくれましよ」

「わかっておる」

平之助はそのまま染の家をあとにした。

表に出て、けっ、と、つばを吐いた。喜ばせてやったら、もうその気になっていやがる。女は薄情だと思わずにおれない。

染を抱いたことで、荒ぶれていた気持ちが少しだけ落ち着いた。平之助は冷静になるのだと、さらに自分にいい聞かす。

これからは、死ぬか生きるかの真剣勝負になる。頭に血を上らせたままでは勝てない。伊達《だて》に武者修業をやって来たわけではない。その辺のことはよくわきまえていた。

しかし、「木崎又右衛門」を討つのは、もう清宮礼次郎の敵を取るためではない。無様な恰好を木崎にさらしたことが、何より許せなくなったのだ。

もちろん仲間を殺されているので、その恨みを晴らしたいということもあるが、平之助を衝《つ》き動かすのは、侮辱されたくないからだった。

平之助は自分の家ではなく、源之助の家に向かった。手許不如意《てもとふにょい》である。金をもらわなければならなかった。

自分の家をやり過ごし、横川に架かる業平《なりひら》橋に近い中之郷横川町に入った。すでに町屋は宵闇に包まれており、どこからともなく風情のある三味《しゃみ》の音が聞こえてくる。

兄・源之助も平之助と同じく長屋住まいである。

木戸口を入って井戸端の近くが源之助の住まいだった。戸障子に明かりがあった。

「源之助、おれだ」

声をかけると、短い間があって、「入れ」という声が返ってきた。

「どこをうろついていた?」

源之助は咎める目を向けてくる。

「どこだっていいだろう。おまえにいちいち教えることはない。それより、金がほしい」

平之助は差料《さしりょう》を抜いて、上がり口に腰をおろした。

「金だ……」

と、再度催促した。

「金のことは心配するな。それより、木崎を捕まえなければならぬ」

「勝手にやれ」

平之助は吐き捨てるようにいって、火鉢の上の鉄瓶を取って茶を淹《い》れた。

「おまえも下りるというか……」

源之助がにらむように見てくる。

「手ぬるい仕事はうんざりだ。金になる仕事なら他にもある」

「途中で投げ出すというわけか……情けないことを……」

平之助はじろりと、源之助をにらんで茶を飲んだ。

「何とでもいえ。おれはおれのやりたいようにやる。いつまでも源之助の指図にしたがうつもりはない」

「仲間がいるのだ」

源之助は膝を動かし、平之助に正対して真剣な目を向けてくる。

「仲間だったら自分で捜せばいいだろう。おれは知らぬ」

平之助が突き放すと、源之助はしばらく黙り込んだ。

「……これから何をやるというのだ？」

「そんなことはいろいろあるさ」

「まさか、ひそかに木崎を狙うのではあるまいな」

平之助はそっぽを向いて、

「やつを見つけたらただではおかぬ。ただ、それだけのことだ」

そういって、茶に口をつける。

「おまえは何か知っているな……」

この辺は双子である。誤魔化しが利かない。それでも、平之助は白を切った。

「何を知っているという？　知ってりゃ、こんなところでのんびり茶なんぞ飲んでいないさ。源之助、それより金だ」

「それだったら関口さんに話してある。明日、残りの金をもらえることになっている。生き残った仲間にも払わなければならぬからな」

「おれは、いまほしい。……都合してくれ」

「なぜ、急ぐ？」

「勘繰《かんぐ》るな。金がないだけだ。さあ……」

源之助はため息をついて、いくらだと聞いた。

「さしずめ十両もあればいいだろう」

源之助は黙って金を出した。平之助は金をつかみ取ると、懐にしっかり入れた。

「……平之助、いっておくが、木崎に下手な手出しはならぬぞ」

「やつを見つけてもいないのに、手出しもへったくれもないだろう。さ、おれは行く」

腰を上げると「待て」と、呼び止められた。

「平之助、請け負った仕事はけじめがつくまでやる。加勢をしてくれ」

「……できぬ相談だ。おれは他のことをやる」

「どうしても助をいやがるか？」

「いやがってるわけじゃない。他にやりたいことがあるだけだ。それに一応のけじめはつけたはずだ。おれたちは木崎を捕らえそこなったが、やることはやっている。しくじりはしたがな。……関口さんだって、わかってくれているはずだ」

「この偏屈が……」

「ふん、何とでもいえ。それじゃおれは行く」

平之助は源之助の家を出ると、後ろ手で戸を閉めた。

さあ、木崎の息の根を止めなければ……。

平之助は顎をさすりながら、心中でつぶやきを漏らした。

二

音次郎は一膳飯屋から縄暖簾《なわのれん》に場所を移して、待ちつづけていた。

その店からも平之助の長屋の木戸口が見える。店を変えるときに、長屋の裏にまわってみたが、そっちから長屋に入ることができないことがわかっていた。さらに、平之助の家へ探りも入れていた。まだ留守のままだ。

じっくり待つしかない。周囲は酔った男たちの声で喧噪《けんそう》を極めていた。下卑《げび》た笑い声に、些細《ささい》な口論。ひとり勝手にくだを巻いている者もいる。

音次郎はいざというときのことを考え、盃《さかずき》の酒を舐めるように飲んでいた。多少のことでは酔わないが、相手を軽く見てかかってはならない。

半刻が過ぎた。もう、六つ半（午後七時）過ぎだ。

平之助が帰ってくる気配はない。帰って来るという確信もなく待っているわけだが、賊の正体を暴く手掛かりは平之助しかない。ここは辛抱だった。

しかし、それからさらに半刻がたった。音次郎は今夜も帰ってこないのではないかと、思いはじめた。賊は他に隠れ家を持っており、そこでさらに結束を固めているのではないだろうか……。

もし、そうであれば、自分のやっていることは無駄になる。しかし、別の隠れ家のことは何もわかっていない。

今夜は見送り、明日にするか……。

そこまで考えて、自分に落ち度がないかと、思案をめぐらした。格子戸の向こうを千鳥足の男が過ぎてゆく。そぞろ歩く夜鷹《よたか》とおぼしき女の姿もある。

だが、音次郎の目はただひたすら、平之助の長屋に入る男たちを注視しているだけだ。そうやって思案しているうちに、ふと、気づいたことがある。

清宮礼次郎の情婦だった、深川芸者の染だ。

音次郎は夜道に注ぐ目を、はっと瞠《みは》った。

もしや、平之助は染の家に行ったのではないか。弟子の死を知らせるために……。

そうであれば、自分が染を訪ねたことが知れている。さらに、自分が平之助の家を知っていることも……。

音次郎は目を厳しくして、唇を噛んだ。

ないとはいえない。あり得ることだ。そうなると、平之助は警戒して家には戻ってこないかもしれない。音次郎は小さく舌打ちをした。

平之助は自分の家の近くにいた。

懇意にしている饂飩屋《うどんや》だった。饂飩屋といっても蕎麦《そば》も売っている、小さくて目立たない店だが、近所では味がいいと評判がよかった。

平之助はその店の片隅に、身を寄せるようにして座り、窓の外に目を向けていた。

手許にある蕎麦掻《そばが》きはほとんど食い尽くし、ゆっくり味わうように飲んでいた酒もほとんどない。そうはいっても酒は一合のみだ。あまり強いほうではないので、それ以上は禁物だった。

そうやって半刻ほど腰を据えていたが、そろそろ痺《しび》れを切らしそうになっていた。待つのは苦手だ。

くそ、やつは来ないか……。

それなら家に戻って待つか……。

そんなことを思いもするが、木崎は十分にこっちのことを警戒しているはずだ。不用意に家を訪ねたりはしないだろう。

それでも、自分を探っているのだから、必ず現れるはずだ。何より粂に、身許も明かさずあれこれ聞いているのだ。やつは自分を訪ねなければおかしい。

待つことにあきそうになった平之助は、格子窓越しに空をあおいだ。欠けはじめた明るくて黄色い月が浮かんでいる。

黒い雲がその月の下にかかっていた。

窓からは冷えた夜風が吹き込んでおり、平之助の鬢《びん》の毛を揺らしていた。目を通りに戻したときだった。

平之助は息を呑んだ。深編笠の男だ。背格好もそのなりも「木崎」だった。

やはり現れたか……。

平之助は会心の笑みを頬に浮かべると、座っていた長床几《ながしょうぎ》に勘定を置いて立ちあがった。

「毎度おありがとうございます」

年取った女将《おかみ》が礼をいったが、それには応じず表に出た。

木崎の後ろ姿が見えた。

三

「佐久間さん、今夜は見えないのかしら……」

お藤はさっきからぼんやり小庭を眺めているきぬの横顔を見ていった。それは、いまのきぬの気持ちを先読みしてのことだった。

きぬはただ、そうですね、と答えただけだった。

部屋には行灯だけでなく、繕《つくろ》い物をするために燭台《しょくだい》を点《とも》していた。明かりに作られた二人の影が壁に大きく映っている。

お藤は針を動かしながら、ときどききぬを見た。ぼんやり考えごとをしているきぬは、その視線には気づかないようだ。

きぬを預かって二日ほどだが、彼女が殊の外佐久間に執心していることを思い知らされた。ちょっとした言葉の断片、表情の変化、目の色などに佐久間に対する思いがある。とくに、「旦那さん」と呼ぶ言葉には、単なる連れ合いではない、もっとそれ以上の強い絆《きずな》でわたしたちは結ばれているのだという、微妙な意味が込められているのにお藤は気づいた。それは、おそらく「旦那さん」を取られたくないという嫉妬の表れだろう。

自分が佐久間に好意を抱いているのはたしかだが、それ以上の感情はない。なのに、きぬは佐久間のことを口にするたびに、嫉妬を露わにし、必死で佐久間を守ろうとする。それはけなげで憎らしいほど微笑《ほほえ》ましくもある。

もちろんお藤には、きぬから佐久間を奪おうなどという考えはない。それに、きぬの佐久間に対する恋慕というべき強い思いを知らされている。

万が一、自分が佐久間と深い仲になりたいと思ったとしても、きぬはそれを絶対に許さないだろう。そのことはよくわかったし、自分はこの女には勝てない、邪魔をしてはならないと悟らされたのである。

以来、お藤はきぬに対してある種の母性本能を働かせていた。年は五歳ほどの開きしかないが、佐久間がきぬを守りたいという気持ち同様に、お藤もきぬを大事にしたいと思うようになっているのだった。

「……お藤さんはなぜ、軽業をしようと思われたのです？」

ふいに、きぬが顔を向けてきた。

お藤は繕い物の手を止めて、火明かりを受けるきぬを見て、ふっと、口許に笑みを浮かべた。

「父のせいです」

「……お父上の？」

きぬは小首をかしげた。

「わたしの夫がどうなったかは話したから気づいているでしょうけど、わたしは滝田家の一人娘でした。父は男子を欲しがっておりましたが、その願いは叶《かな》わずじまいでした。その代わりだったのでしょうか、わたしは男子のような育て方をされました」

「それは……」

お藤は繕い物をやめて、縫い針を針山に刺した。

「幼いころから剣術を習わされたのが最初でしょうか。父はそれでは収まりがつかなかったらしく、居合いや柔術といったことまで教えるようになりました。……まるで、男同様の扱いです」

「居合いや柔術……」

「そう。つらくてきつい稽古《けいこ》が嫌いで、何度逃げだそうとしたことか……。でもそんなこともできずに、いつしかわたしも武芸にのめり込んでしまって……」

お藤は自嘲《じちょう》するように小さく笑ってつづけた。

「だからとんぼを切ったりするのは苦もないし、綱渡りや竹渡りも難なくこなせるようになって……夫が牢に入れられたとき、わたしは先のことを悩み苦しみました。そんなとき両国で軽業をあらためて目にしたのです。それまではただ単におもしろがって見ていただけですけど、そのときは違いました。これならわたしにもできると思ったのです」

「それで軽業師に……」

「親戚を頼ることもできないので、ひとりで生きていかなければならなくなったから、何でもしなければと……そういう思いではじめたのですよ」

「苦労されているのですね」

「……でも、おきぬさんほどではないかもしれない」

そういったとき、きぬの切れ長の目が、はっと見開かれた。

「なぜ、そんなことを……?」

「何となくわかりますよ。おきぬさんは、きっとわたし以上に苦しい思いをして来たんだと。……間違っているかもしれないけど、そんなことを感じるのです」

「わたしは、そんなふうに見えますか……?」

「何となく……」

きぬはまた小庭に目を向けた。何かいおうとして躊躇《ためら》い、そして唇を噛んだ。

「お藤さんに、話すことができるなら、いっそのこと何もかも話してしまいたい」

「………」

「でも、それはできないのです。ただこうやって生きていられることに感謝しているだけです。生きているからこそ、お藤さんのような方と知り合いにもなれるのですから」

「それじゃ人にいえないほど、つらいことがあったということなのね」

お藤はそのことを深く穿鑿《せんさく》するつもりはなかった。人は誰しも他人に明かせないことを抱えているものだ。おそらくきぬが「旦那さん」と呼ぶ佐久間もそうなのだろうと、ぼんやりと思うのであった。

「……でも、わたしはお藤さんのつらい思いも少しはわかる気がします」

「そう、そういってもらえるだけでも嬉しいわ」

お藤が微笑むと、きぬも弱々しい笑みを返してきた。

「それに、お藤さんはとても強い方です。わたしは見習わなければなりません」

「ううん、そんなことはないわ。おきぬさんは自分で気づいていないかもしれないけど、とても強く生きているはずよ。きっと、そうだと思う」

お藤は首を振っていった。

「そんなことはありません。わたしはただ旦那さんに助けられているだけですから……」

「いいえ、そんなことはないわ。佐久間さんは、おきぬさんの芯《しん》の強さをちゃんとわかっておられるのですよ」

「たとえそうだとしても、わたしは旦那さんに生かしてもらっているだけなのです」

か細い声でそういったきぬの目から、朝露のような涙がこぼれた。頬をつたうその涙は燭台の明かりに染められ、血のように見えた。

お藤は手許にあった手拭《てぬぐ》いを持つと、きぬの涙をそっと拭いてやった。

――わたしは旦那さんに生かしてもらっている。

たったいまきぬのいった一言は、お藤の胸に強く響いた。きぬと佐久間はおそらく、自分の想像できない過酷な運命を背負っているのではないだろうかと感じたのだ。

「佐久間さん、明日は見えるといいわね」

湿っぽい話を断ち切るように、お藤はつぶやいた。

「無事ならきっとやってこられます」

この一言に、きぬの深い杞憂《きゆう》の念があるのを看《み》たお藤は、

「無事に決まっているわよ」

と、いわずにはおれなかった。

四

源之助は平之助が金を持って家を出て行ったあと、何ともいえぬ忸怩《じくじ》たる思いを抑えることができず酒を飲んでいた。

それは弟・平之助を引き留めることができなかったからでもあり、要望に応じすんなり金を渡したことでもあった。これまで、源之助は平之助のいいなりになったことはない。相手は少なからず、双子とはいえ兄の自分を敬っているところがあった。

だが、今度ばかりは勝手が違い、平之助は自分の考えで行動しはじめている。請け負った仕事を投げ出し、兄の面子《メンツ》をつぶすようなことまで……。

「ううむ……」

うなった源之助は、ぐい呑みを強く握りしめた。

「平之助め、このおれに盾突《たてつ》くようなことを……」

そうつぶやくのだが、いつまでも兄弟いっしょに行動はできないという思いがある。いずれ、別々の道を歩むことになることはわかっていたし、そうしなければならない。

だが現実に直面すると、何とももどかしいのである。

その時期が早すぎるような気がするのだ。平之助は自分に比べ思慮《しりょ》に欠けるところがある。それゆえに軽率《けいそつ》な行動を取り、これまで幾度となく心配をかけてきた。源之助はその度に手綱を締めなければならなかった。

要するに源之助から見れば、平之助はまだ一人前ではないのだ。それを平之助はわかっていない。だから常に行動を共にしてきたのであるし、平之助も源之助の思慮の深さに感心し、

「やはり、源之助は兄貴分だけはある。おれはまだまだ至らぬな」

と、いって頼ってきたのである。

「あやつめ……」

源之助はまたもやつぶやいて、宙の一点を凝視した。

さっきから妙な胸騒ぎがしていた。

木崎のことを何か知っているのではないかと、平之助に聞いたときだ。平之助は白を切るようにそっぽを向いた。生まれたときからずっと離れていない兄弟だけに、平之助のことはわかっている。

そっぽを向くのは、平之助が何かを誤魔化すときに、決まって見せる素振りである。

あやつ、何を誤魔化しているのだ？

そう考えたとき、やはり木崎の居場所を突き止めたのではないか、あるいは何かを嗅《か》ぎつけたのだと思った。

そうに違いない。

すると、やつは今夜にでも木崎を襲う腹なのかもしれない。それはまずいことだ。いま、木崎を殺されては……いや、殺されてもよいが、果たして平之助に木崎を倒すことができるかどうか……。

さざ波のように打ち寄せる不安が、源之助のなかで大きくなっていった。

いかん。木崎はなまなかな腕ではない。よもや平之助が負けるとは思わないが、その保証はどこにもないのだ。

源之助はじっとしておれなくなった。差料をつかむと、すっくと立ち上がった。

木崎又右衛門は、北割下水を渡ると、本所新町を流すように歩き、北本所代地町の通りに出た。このあたりは大小の旗本と御家人が多く住まう武家地であり、辻番小屋が少なくない。

人目がなければ、一気に闇討ちをかけるつもりでいたが、平之助は辻番や人の目を気にした。下手をすれば、自分の首を絞めることになるかもしれないからだ。

それに、上首尾に木崎を倒すことができれば、関口甚之助と直談判《じかだんぱん》もできる。いや、そのときには源之助にも手伝わせるか……。

そこは双子の兄弟である。出し抜くつもりはない。そう考えると、いま自分がやろうとしていることは、一石二鳥に他ならない。

――いや、一石三鳥ともいえる。

平之助はにやりと、片頰をゆるめる。何せ、清宮礼次郎の敵を討ち、自分の受けた侮辱を晴らすことができるし、さらに関口甚之助の依頼を叶えてやれるのだ。

ここは軽はずみなことを控えなければならぬ……。

尾行する平之助は木崎の背中を凝視する。それにしても、愚かなやつだと思わずにはおれない。染を訪ね、自分のことを探っているのだ。そんなことをすれば、いずれ自分の耳に入るとは、よもや考えていなかったのだろうか。

――馬鹿なやつめ……。

平之助は、込み上げてくる笑いを必死に抑えた。

木崎は横川の河岸道に出たところで、一度足を止めた。左右に顔を振り向け、しばし考えている素振りだ。まっすぐ行けば、法恩寺橋だ。その先は深川元町代地の町屋があるが、横にそれると柳島村の百姓地になる。

その百姓地に誘い込めば、人目はないし、邪魔も入らぬはずだ。

——橋を渡れ。渡るんだ。

平之助は暗がりとなっている小間物屋の軒下に身をひそめて、じっと様子を窺う。木崎が躊躇《ためら》うのは何となくわかる。

法恩寺橋を渡り、そのまままっすぐ行けば、亀戸村の木崎の家に着くのだ。そして、木崎が辿《たど》ってきた経路は、自宅に帰る近道でもある。

自宅に帰らせてもいい。平之助はそう思いもする。あの家は隣家からも遠いので、邪魔の入る心配もない。

平之助は空をあおいだ。遮《さえぎ》っていた雲が散じて、月色が明るくなった。立ち止まっていた木崎の姿を、はっきり見ることができる。

やがて、木崎は歩を進めた。法恩寺橋を渡るようだ。

——そうだ、それでよいのだ。

心中でつぶやく平之助は、一度刀の柄《つか》を握りしめ、暗がりから抜け出た。その目は一心に木崎の広い背中に注がれていた。

五

音次郎は法恩寺橋を渡り、しばらく行ったところで、

——やはり、相手はひとりか。

と、確信を持った。

北割下水に架かる木橋を渡る前から、自分を尾《つ》ける影には気づいていた。最初は単なる思い過ごしかと思ったが、そうではなかった。尾行者は執拗《しつよう》であり、かつ注意深かった。

おそらく鹿沼平之助だ。平之助は染のところに行き、自分のことを知った。だから、自分が平之助の家を見張ることを先読みしたのだ。そこで裏をかき、自分が姿を現すのを、どこかでひそかに待っていたに違いない。

しかし、相手がひとりなのか多数なのかわからなかった。人数が多ければ面倒であるし、いったん引き下がるしかないと、音次郎は考えていた。

ところが、その必要はなくなった。相手はひとり。それも鹿沼平之助に違いない。

音次郎は背後の尾行者に一切気づいていない素振りで歩きつづける。そして、平之

助の心の動きを読んでいた。

平之助は闇討ちをかけるそのときを待っている。注意深く尾行してくるのは、人目を嫌ってのことだ。ならば、その意に沿う道を辿《たど》ろうと考えていた。

自分が亀戸の家に向かうことは不自然ではない。平之助は、自分ときぬはほとぼりが冷めたころに、必ずあの家に戻ると考えているはずだ。もしくは家の様子を見に行くものと思っているのかもしれない。

ただ、どこで平之助が仕掛けてくるかである。無論、人目のつかないところを選ぶだろう。ここからしばらく閑静な町屋がつづく。人通りも少ない。適当なところで、声をかけてきて、恰好の場所に誘い出すかもしれない。

町屋の路地を少し入った先は、もう百姓地で人家もなければ、人目もない。だが、尾けてくる平之助は一定の距離を保ったままだ。気配を消しているつもりだろうが、音次郎にはその動きが手に取るようにわかっていた。

深川六間堀町代地町、柳島町を過ぎる。この町は市中と違い、閑静であり、夜商いの店も人の通りも少ない。通りの右側には、井上壱岐守（下総高岡藩）と堀内蔵頭《くらのかみ》（信濃須坂藩）下屋敷の長塀がつづいている。

音次郎は天神橋を渡り、右に折れた。十間川沿いの道である。ここにも亀戸町という細長い町屋がつづいている。

ここまで来れば、亀戸村の家まで五町ほどだ。平之助は相変わらず距離を詰めてこようとしない。

――そういうことか。

と、音次郎は思った。

おそらく自分があの家に戻るのを待つのだ。そこで勝負を決しようという腹であろう。

――よいだろう、それならそれでよい。

相手の奸策《かんさく》にはまったふりをして、じつはこっちから仕掛けているようなものだ。

音次郎はひとりほくそ笑んだ。

しばらく行って左の小径に折れた。突き当たりは、佐竹右京太夫（出羽久保田藩）下屋敷である。その手前の道をさらに右に折れた。

背後から尾けてくる平之助の足が速くなっているのがわかる。音次郎は歩速を変えず悠々と歩く。やがて、自分の家に通じる道に出た。

正面やや右手の上空に、煌々《こうこう》と照る月が浮かんでいる。平之助の近づく気配が強くなった。そばの竹林を一陣の風が吹き渡ってざわめいたとき、音次郎はその機を待っていたかのように、くるりと反転すると、足を踏ん張って仁王立ちになった。

自分は月光を背にしているが、尾行者は月光に顔をさらしていた。やはり、鹿沼平之助だった。

両者は無言のまましばし火花を散らすように、視線をぶつけ合った。

「木崎、覚悟しな」

先に口を開いたのは平之助だった。

刀に反りを打つ間もなく、月光を吸い取り鈍い光を放つ刀身をかざした。

音次郎は柄に手をかけ、親指で鯉口《こいぐち》を切り、

「鹿沼平之助、此度の無礼は誰に頼まれての所業だ？」

「誰でもよかろう。おれにはもう関係のないことだ」

音次郎は目をすがめた。

「それより、おぬしの本当の名を知りたい」

「何故、そんなことを知りたい？　知ってどうする？」

「知りたいから、知りたいのだ」

「名は申したはずだ」

「木崎又右衛門か……それが、本当の名だと申すか」

平之助は一歩、足を進めた。互いの間合いは五間ほどあった。

「何故、名が気になる？　そんなことを知ってどうする？」

「どうもこうもないさ。だが、いいたくなければいわずともよい。顔検分すればことは足りる。貴様の生首をもらうだけでよい」

音次郎はこめかみを、ぴくっと動かした。なるほど、死体となっても顔を見れば、自分の素性は知れるというわけだ。

「鹿沼、背後で指図しているのは誰だ？」

「だから、もうおれには関わりのないことだといったはずだ」

「昨日までは違ったはずだ。貴様らを動かしている者がいるはずだ」

「つべこべとご託を並べる男だ」

平之助はさらに間合いを詰めてきた。一歩足を踏み出すごとに剣気を募らせている。その双眸《そうぼう》は炯々《けいけい》と光り、月光に照らされる顔は蒼白に見える。

「……おれは貴様を斬る」

「そのようだな」

音次郎は平之助に応じながら、ゆっくり刀を抜いた。キラッと刀身が月明かりを弾き、音次郎の鷹のような目に反射した。

両者はもう口を開かなかった。

互いに間を詰め合い、二間の距離でぴたりと立ち止まった。

音次郎は剣先を右下方に下げ、左小手をがら空きにさせている。

平之助は脇構えからゆっくり青眼に構えなおし、じりっと、すり足を使って間を詰める。

叢雲《むらくも》が月を遮《さえぎ》り、あたりがにわかに暗くなった。しかし、両者は夜目が利くようになっている。互いの姿が黒い影となっても、動きはわかる。

風が吹き渡り、地表の乾いた土埃《つちぼこり》を巻き上げた。

音次郎の鬢の毛が揺れる。柄を握る両手をしぼり、力をゆるめ、右に動いた。平之助はぴくっと、剣先で反応し、さらに間合いを詰めてきた。

林のなかから、張りつめた緊張をほどくような梟《ふくろう》の鳴き声がした。

互いの殺気は頂点を極めたようにみなぎっている。針でつつけば張り裂けそうな空気がそこにはあった。

さっと、先に動いたのは音次郎だった。右下方から平之助の胸を斬り上げたのだ。

転瞬、右足を踏み込んで水平に薙《な》ぎ払った。

平之助は体をひねって、見事にかわし、上段に刀を上げた。剣先は天空にまっすぐに伸ばされている。体と刀が一本の柱のようになっているのだ。右足が前。左足は半尺後方にあり、かかとが持ち上がっている。着流しの裾がひらひらと風にそよいでいた。

先制攻撃をかわされた音次郎は、静かに息を吸い、平之助に悟られないように、すうっと吐き出す。

その瞬間、平之助の体が飛ぶように動いた。音次郎もすかさず反応し、刃風をうならせる平之助の一閃《いっせん》の業を鋭く払った。

刃と刃が嚙み合い、神経を逆撫《さかな》でる金音が闇夜に響き、火花が散った。

両者は互いの位置を逆にして向かい合った。

だが、それはほんの一瞬のことで、平之助は攻撃の手をゆるめず、鋭く撃ち込んできた。

音次郎も攻撃と防御を兼ねて、平之助の刀をすり上げるなり、ぱっと脇に飛びながら片手斬りに刀を振り抜いた。

平之助の背中が斬り裂かれ、血潮が飛び散る様が、音次郎の脳裏で弾けた。だが、そうはならなかった。平之助は左手を柄から離して剣先の棟を押さえ、刀を水平にして音次郎の一刀を受けたのだ。

音次郎がとっさに身を引くと、平之助がくるりと反転して、水もたまらぬ電撃の突きを送り込んできた。音次郎は横に飛ぶしかなかった。

飛んだあとで、つぎの攻撃をかわすためにさらに横に動いた。平之助は逃がすまいと追ってくる。音次郎は表道から自分の家の庭に入った。

庭は平坦である。雨に穿《うが》たれ、でこぼこした道より動きやすい。

雲が払われたらしく、また月光が射した。

庭で対峙《たいじ》する二人の姿が、その光のなかに浮かび上がったその刹那《せつな》、両者は示し合わせたように俊敏に動いて、互いの体を交叉《こうさ》させた。

六

音次郎は平之助の右脇をすり抜けた。平之助は音次郎の逆をすり抜ける。

風をはらむ着物の袖と裾が、衣擦《きぬず》れの音を立てた。

互いの刀は、互いの胴を撫で斬っているはずだった。

だが、そうはならなかった。両者は自分の身を斬りに来た相手の刀を避けるために、動物的な勘でとっさに間合いを外したのだ。

位置を入れ替えた二人は、すぐさま向かい合った。

互いに青眼の構え。間合いは一間半。

微動だにしない切っ先が、月光に鈍く光る。

音次郎の頰を一筋の汗がつたった。さらに、耳の後ろにもつたい落ちる。音次郎は一瞬、それが血ではないかと錯覚した。だが、斬られてはいない。汗だ。

双眸に力を込めて、つぎは一撃で勝負を決しなければならぬと、心中にいい聞かせる。

平之助は思った以上に強い。これほど強い男にこれまで出会ったことはなかった。それもただの道場剣法ではなく、実戦に即した恐るべき剣技を持っている。何故、これほどの技量の持ち主が市井《しせい》に埋もれていたのだ。

音次郎は鹿沼兄弟が諸国を渡り歩いて武芸に磨きをかけてきたことを知らない。それゆえに、不思議に思ったのだ。

だが、感心している場合ではない。下手をすれば、本当に斬られる。戦いの場の高揚感で、もはや恐怖を感じることはないが、死を意識した。

音次郎は、らんと、目を光らせた。ここで死ぬわけにはいかぬ。

奥歯を嚙みしめ、わずかに間を詰める。平之助は逃げない。軸足に体重を乗せ、撃ち込む体勢を整えている。

音次郎はさらに詰めた。草鞋からはみ出た指で、しっかり地面をとらえる。

すうっと、剣先を上げたつぎの瞬間、音次郎が先に動いた。

「とりゃあ！」

裂帛《れっぱく》の気合を発して、平之助がむささびのごとく跳躍した。そのまま大上段から、音次郎の脳天めがけ刀を振り下ろしてくる。

音次郎は逃げることなく突進して、刀を水平に振り抜きにいった。

どすっ。

鈍い音が月下の庭に吸い取られた。

つぎの瞬間、音次郎は振り抜いた刀の切っ先を斜め前方の天に向けていた。右足を大きく踏み出したままの残心の姿勢である。

平之助も着地したまま、刀を振り下ろした姿勢である。切っ先は地をさしている。

「くっ……」

音次郎がうめくような声を漏らした。

「うぐっ……」

平之助も声を漏らした。だが、その一瞬後、右膝を地につけ、そのまま横に倒れた。

右手がほどけ、つかんでいた刀が離れた。

音次郎は静かに息を吐き、そしてゆっくり左足を引きつけながら息を吸った。そのまま平之助を振り返り、そばに立った。

平之助が頭を動かして、見上げてきた。腹のあたりから湧き出す血が、地面を黒々と染めている。平之助は唇をふるわせるように動かした。

音次郎はその顔を静かに眺め下ろした。

「誰の差し金だ？」

「………」

平之助は答えない。

「いえ。いうのだ」

音次郎は迫ったが、平之助はうつろな目を向けてくるだけだった。だが、

「き、貴様の……名は……？」

と、唇をふるわせながら声を発した。

音次郎は短い間を置いて、静かに答えた。

「冥府《めいふ》より遣われし者……」

「な、なに……」

平之助はそういっただけで目を閉じ、片頬を地面につけた。肩を喘《あえ》がせるように小さく動かしつづけた。

だが、この男の命は長くない。止めを刺すまでもなく、息を引き取るだろう。

音次郎は懐紙で血刀をぬぐい、ゆっくり鞘《さや》に収めた。血にまみれた懐紙を放り投げると、それは風に飛ばされてひらひらと宙を舞い、地に落ちた。

音次郎は夜空を一度あおいで、その場を離れた。

源之助は平之助の家で待っていたが、ふと思うことがあった。

平之助は「木崎又右衛門」を狙っている。それはたしかなことだった。だとすれば、家にいないのはあたりまえだ。それならどこへ行ったのだと考えた。

じっと考えているうちに、亀戸村のあの家だと思いあたった。おそらく木崎の帰りを待っているに違いない。

そう思った源之助は、亀戸村に急いでいた。天神橋を駆け渡り、十間川沿いの道を小走りになった。

なぜか、いやな胸騒ぎがしてならなかった。それは急げば急ぐほど強くなった。単なる思い過ごしならよいが、よからぬことが起きていそうな気がしてならない。

おいてけ堀の近くまで来て、源之助は早足になって息を整えた。

落ち着け、落ち着くのだと、胸の内にいい聞かせる。

木崎の家が闇のなかに黒々と見えてきた。源之助は、はっと、強く息を吐いて、足音を忍ばせた。万が一ということもある。木崎に待ち伏せをされてはかなわない。

源之助は用心深く息をも殺して、木崎の家に近づいた。人の気配はない。

竹林を吹き渡る風の音と、犬の遠吠《とおぼ》えが聞こえるぐらいだ。

静かに歩を進めた源之助は、木崎の家の庭をのぞき込んだ。そのとき、地面に横たわる人の姿を見た。

誰だ……?

まわりを見回して近づいた。すぐに平之助と気づき、源之助は息を呑んだ。

もう一度周囲に警戒の目を向け、誰もいないとわかると、平之助に走り寄って声をかけた。

「平之助、おれだ。平之助、しっかりしろ」

かすかではあるが、まだ息があった。

だが、返事はない。平之助はぐったりと体を横たえたまま、か細い呼吸《いき》をしているだけだ。腹のあたりが血でぐっしょり濡《ぬ》れており、それはまだにじみ出ていた。

「おい、平之助。死ぬな。おまえは死んではならぬ」

源之助は平之助の背中に手をまわし、支えるようにして半身を起こしてやった。

平之助のうつろな目が、わずかに開いた。

「おれが誰だかわかるか？　平之助」

平之助は瞳だけを動かして、源之助を見た。その目に月が映り込んでいた。

「誰だ？　誰にやられた？」

平之助は唇をふるわせた。

「何だ、誰だ？　木崎か？　そうなのか？」

声をかけるが、平之助は朦朧《もうろう》とした顔のままだ。

「しっかりするんだ平之助……」

声が通じたのか、平之助はかすかに頬に笑みを浮かべた。錯覚だったかもしれないが、源之助にはそう見えた。

「誰にやられたのだ？」

平之助の口がわずかに開き、かすれるような声が漏れた。

「……き、きさ……きだ……」

そういうと、がっくり首をうなだれた。

「平之助、しっかりしろ。平之助、平之助……平之……」

いくら呼びかけても、平之助は何も応えてくれなかった。うつろな目を閉じかけたまま、虚空を見つめているだけだ。もう息もない。

「平之助ーッ！」

源之助は自分の弟をしっかり抱きしめると、悲痛な叫びをあげた。両目から涙が溢れ出てきた。

「くくっ……だから、いったではないか……」

源之助は悔し涙に暮れながら弟の体を揺すった。すぐに平之助の死を受け入れる気になれなかった。

「おれのいうことを聞いておれば、こんなことには……こんなことには……」

源之助は首を振り、鼻水を垂らして泣いた。だが、悲しみに混じって、ふつふつとした怒りが込み上げてきた。

「おのれ、おのれ木崎……」

ぎりぎりと歯軋りをするような声を漏らし、遠くの闇を凝視した。

「弟の敵、必ずや討ってみせる。木崎、貴様は許さぬ。草の根をわけてでも捜し出す。地獄の果てまでも追いかけてやる。……おのれ、木崎」

源之助は涙に濡れた目を赫々《かっかく》と燃え立たせ、強く復讐《ふくしゅう》を誓うのであった。

七

翌朝——。

音次郎のもとに吉蔵がやってきた。例の深川のひどい裏長屋にである。

「囚獄が……」

音次郎は吉蔵を見てつぶやいた。

「早急に会いたいとの仰せです」

「どこに行けばよい」

「これから案内します。それからおきぬさんも呼ぶように申されております」

「わかった。それじゃ、まずはきぬを呼びに行こう。じつはおれもおまえに話があったのだ」

「なんでしょう?」

吉蔵は目の前を飛ぶ蠅《はえ》を払った。

「歩きながら話す」

二人揃《そろ》って長屋を出ると、そのまま本所に足を向けた。

「昨夜、鹿沼平之助を斬った」

音次郎は仙台堀に架かる海辺橋を渡ったところでいった。

吉蔵が驚いたように顔を振り向けてきた。音次郎は平之助の家を見張ってからの経緯を、かいつまんで話した。

「それじゃ、鹿沼らに指図している者のことはわからずじまいということで……」

話を聞き終えた吉蔵はそういって、言葉を継いだ。

「その鹿沼のことですが、一応手を尽くしてはおりますが、まだよくわかっておりません。ひょっとすると、江戸者ではないかもしれません」

江戸者ではない……。音次郎もそうではないかと思った。

「ともかく調べは進めておりますので……」

「双子の武芸者、それもかなり腕が立つのだから、すぐわかると思ったのだが……そうであるか。ともかく平之助は斬り捨てた。残っているのは源之助だ。こやつの正体がわかれば、指図をしている黒幕も自ずとわかるだろう」

「そう願うだけです」

「ところで、おれたちの住まいだが、どうしたらいい？　洲崎のあの庵に移るのか？」

「亀戸にはもう近づかないほうがよいでしょう。今日から洲崎に移ってください」

「……そうしよう」

小半刻後にお藤の長屋に着いた。

きぬは音次郎の顔を見るなり、

「今日か明日かと待っていたのです」

と、満面に喜色を浮かべた。

まるで主人の帰りを待っていた犬のような喜びようだった。

音次郎はそんなきぬにやさしげな眼差しを向けてから、

「お藤さん、いろいろと面倒をおかけした」

と、頭を下げた。

「いいえ、わたしもおきぬさんといることで、気が紛れました。それに、これからのこともしっかりと決めることができましたので……」

「そうか、それはよかった。また会えるかどうかわからぬが、ともかくお達者で」

そういう音次郎を遮るように、お藤は首を振った。

「そんな淋しいことをおっしゃらないでください。わたしはきっとまた会えると信じております。いいえ、きっと会えることでしょう」

お藤は目を細め、口許に笑みを浮かべた。

「そうなればよいな」

音次郎がそう返事をすると、きぬもお藤に丁重な礼を述べた。

それから吉蔵の案内で、音次郎ときぬは神田明神下御台所町《おだいどころ》にある、とある料理屋に入った。正面玄関からではなく、潜《くぐ》り戸となっている裏の勝手口からである。

裏庭に入るなり、音次郎はその佇まいに目を瞠った。

苔《こけ》むした庭には丹念に剪定《せんてい》の施された木々が植えられており、離れ家につづく石畳に日の光が梢《こずえ》の間から縞《しま》を織ってひっそりと落ちていた。

地面を這《は》う緑の苔は、緋色や黄色に色づく木々の葉を引き立てており、その風趣は一言では形容できないほどであった。さらに柿葺《こけらぶ》きの離れ家には、土庇《どびさし》のついた深い玄関がついていた。建物自体はくすんでいるが、それがかえって古雅をきわめていた。

玄関に入った吉蔵が、閉まっている障子の向こうに声をかけると、

「待っていたぞ。入るがよい」

と、囚獄・石出帯刀の声が返ってきた。

音次郎ときぬは部屋に上がり込むと、その場で平伏して、久方ぶりの挨拶をした。

「うむ、元気そうで、そして無事で何よりであった。堅苦しいのは抜きだ。これへまいれ」

帯刀は扇子で自分の膝許を、とん、とたたいた。

地味な霰縞《あられじま》の小袖に、絹縞の羽織を楽に着ているが、見る者が見れば、それは高価ななりである。

音次郎は膝行《しっこう》して、帯刀の前に行った。そのすぐ斜め後ろに、きぬが硬い表情のまま控えた。吉蔵は障子を閉め、部屋の隅に腰をおろしている。

離れ家は静謐《せいひつ》であり、ちちち、と鳴く雀《すずめ》の声が表でするぐらいだった。

厚みのある渋い湯呑みを前にした帯刀は、いつものように妖気を漂わせており、怜《れい》悧《り》な目を音次郎ときぬに向けた。

「吉蔵から大まかな話は聞いておる。おきぬ……」

「はい」

「大変な目におうたそうだな」

「……はい」

「音次郎がいてよかった。それで、そのことを、いま一度おぬしらの口から語って聞かせてくれまいか」

「それでは、わたしから……」

音次郎はそういってから、賊が亀戸の家に入ってからの一部始終をつまびらかにした。

「さらには……」

帯刀はその話が終わるまで、眉ひとつ動かさずに耳を傾けていた。

ひと通り話したあとで、音次郎は言葉をつなぎ、昨夜鹿沼平之助を斬ったことを付け加えた。

「ふむ、なるほどな……」

すべてを聞き終えた帯刀は、小さくうなずいてしばらく黙り込んだ。その目は膝許の畳の目を数えているようであったが、やがてゆっくり顔を上げた。

「その賊はおそらく、この帯刀を失脚させようとしている輩の差し金であろう。牢屋奉行という役目は、公儀の役目としてはめずらしく世襲となっている。それを面白く思っていない者がいるのはたしかだ。それが誰であるか、もとよりこの帯刀追及するつもりはない。だが、放っておけることではない」

「………」

音次郎はじっと帯刀を見つめつづける。

「じつはわしもそろそろ潮時だろうと思っていたところだ。ひとつ考えがある」

帯刀が表情を引き締めたのを見て、音次郎は緊張を禁じ得なかった。

「おぬしらのこれからのことだ」

帯刀は音次郎ときぬの顔色を窺うように目を細めた。

「江戸から離れてもらう」

音次郎は片眉をぴくりと動かした。

「つまりは江戸払いと思ってくれるがよい」

「行き先は？」

「それはおぬしらが決めることだ。どこに住むのも勝手。自由に暮らすがよい」

音次郎は胸を高鳴らせた。

きぬを振り返るまでもなく、その驚きと、心の内は読み取れた。

「ほんとにどこへ行ってもよいのでございましょうか……？」

「よい」

帯刀の短い返答に、音次郎は胸を熱くした。がばりと両手をつくと、

「御奉行、わたしは身に余るご厚情をいただきながら、大変申し訳ないことをいたしました」

音次郎は額を畳にすりつけた。

「なんじゃ？」

「はは、此度《こたび》の賊を差し向けたのは、御奉行ではないかという疑念を抱いたのでございます。きっとわたしどもの役目に区切りをつけるための奸策ではないかと……。しかし、それはまったくのわたしの思い過ごしでした。無礼なる疑念を抱いたことを深く、深く悔いる次第でございます。どうぞお許しのほど頂戴つかまつりたく存じます」

「たわけ」

「はっ」

音次郎は総身をこわばらせた。

「そんなこと、わしは気にせぬ。また、馬鹿正直にそのことを打ち明けてくれるおぬしに、わしは感心をするくらいだ。やはりわしの目に狂いはなかったと、いまさらながらに思い知ったわい」

帯刀は頬をゆるめ、何度もうなずいた。

その寛容さに音次郎の胸はますます熱くなり、思わず目頭を潤《うる》ませた。

「だがな音次郎、おきぬ」

音次郎は涙を堪《こら》えるために、唇を引き結んで帯刀を見た。

「江戸から出ていってもらうが、わしとの連絡を断ってはならぬ。そのために、吉蔵をおぬしらにつける。今後は諸国で跳梁跋扈《ちょうりょうばっこ》しておる外道の始末にあたってもらう。そのなかには江戸からまんまと逃げ去った極悪非道の輩もいる。江戸払いと思えといったが、つまりはそういうことである」

「お役目、しかと務めさせていただきまする」

「うむ。大儀ではあるが、よく務めてくれ。それから、今日のうちに品川まで進み、明日には江戸を出ろ。わしの話はそれだけだ。よいな」

「承知つかまつりました」

「あとは吉蔵と話しおうて、よきにはからうがよい」

さっと帯刀が立ち上がると、音次郎は深く平伏した。衣擦れの音をさせて帯刀は部屋を出ていった。

その足音が聞こえなくなってから、音次郎は顔を上げて、きぬと目を見交わし、

「きぬ、そういうことだ。よいな」

と、たしかめるようにいった。

「はい、わたしは旦那さんといっしょならどこへでもついてまいります」

そう応じるきぬは嬉しそうであった。

音次郎は吉蔵を見た。

「吉蔵、聞いたとおりだ。これより品川へ向かう。ついてきてくれるな」

「へえ、もちろんでございます」

答えた吉蔵も何やら嬉しそうであった。


その夜、三人は品川に一泊し、翌朝、音次郎ときぬは、吉蔵の見送りを受けて東海道を上った。

これから先にどんな運命が待っているかわからないが、音次郎ときぬはいつになく晴れやかな顔をしていた。

＊

その朝、亀戸村の破《や》れ寺の殺風景な墓地に、弟・平之助を埋葬した鹿沼源之助は、粗末な卒塔婆《そとば》の前に花と線香を手向けて立ち上がった。

「平之助、やすらかに眠れ。……おまえの敵は、この兄が必ず討ち果たしてみせる。

草葉の陰からおれに力を貸すのだ」
源之助は合掌して、朝日に顔を向けた。
——この命が果てるまでは、決してあきらめぬ。
目をぎらつかせる源之助は、唇を真一文字に引き結び、遠くの空をにらんだ。

解説

細谷正充
（文芸評論家）

現在の文庫書き下ろし時代小説ブームは、とにかく凄《すご》いとしかいいようがない。月によって刊行点数に多少の増減はあるが、平均するとほぼ一日一冊のペースで、新刊が出版されているのだ。すべての新刊を読むことなど、ほとんど不可能といっていい。それだけに興味を覚えながらも、どこから読み始めるべきかと、困惑する人もいることだろう。そんな読者に、簡単な作家の選び方を教えたい。なに、たいしたことではない。シリーズ物の多い作家を、チェックすればいいのだ。シリーズ物が多いということは、読者の需要が高い――すなわち人気があるということなのだから。こうした人気作家は何人かいるが、そのうちのひとりが本書の作者・稲葉稔である。「問答無用」「研ぎ師人情始末」「武者とゆく」「影法師冥府葬り」「俠客銀蔵江戸噺」と、多数のシリーズを抱え、文庫書き下ろし時代小説の最前線を突っ走っているのだ。

稲葉稔は、一九五五年、熊本県に生まれる。シナリオ・ライター、放送作家を経て、九四年、おびただしい詩と絵を残して十七歳で夭折した山田かまちを主人公にした『かまち』で、作家デビューを果たす。九六年には、チベットを舞台にした国際冒険小説『吐蕃風異聞』を出版。以後、冒険小説・ハードボイルド・架空戦記小説・時代小説など、幅広いジャンルで活躍する。

一九九八年の歴史小説『大村益次郎　軍事の天才といわれた男』、翌九九年には明治を舞台にした時代ミステリー『開化探偵帳　竜馬暗殺からくり』を上梓《じょうし》した作者は、二〇〇二年の『鶴屋南北隠密控』から、本格的に文庫書き下ろし時代小説に乗り出す。そして二〇〇五年、光文社文庫から『裏店とんぼ　研ぎ師人情始末』を刊行。それまでの作品よりも人情味を強く前面に押し出し、時代小説に自己の世界を確立した。その後、先に記したシリーズ物を発表しながら現在に至る。また二〇〇七年には、ハードカバーで『大江戸人情花火』を上梓。さらなる注目を集めた。今、乗りに乗っている作家といえよう。

本書『問答無用　孤影の誓い』は、二〇〇七年の『問答無用』から始まった、「問答無用」シリーズの第五弾だ。シリーズの転換点になるであろう作品だが、その理由に触れる前に、基本設定の説明をしておこう。

将軍外出時の警護役の御徒衆だった佐久間音次郎は、武芸に秀で、学問にも熱心。

次期組頭と目される、優秀な人物だ。しかし彼の人生は、一瞬にして崩れる。妻子が屋敷で斬り殺されてしまったのだ。以前の揉め事と、死にゆく妻の言葉から、同輩の浜西吉左衛門が犯人だと信じた音次郎は、彼を斬り捨てる。ところが吉左衛門には、確固たるアリバイがあった。人違いで殺人を犯した彼は、牢獄で処刑を待つ身であった。

だが、音次郎は処刑されなかった。それどころか牢屋奉行・石出帯刀から、法の網の目からこぼれた極悪人を退治するよう密命を受ける。過失で雇い主を殺してしまったきぬと一緒に、亀戸村で暮らし始めた音次郎は、冥府より遣わされし刺客となり、悪党どもを斬り伏せるのだった。

と、これがメイン・ストーリー。そこにふたつのサブ・ストーリーが絡まる。ひとつは佐久間音次郎の妻子を殺した、犯人の正体だ。これはシリーズ第三弾『鬼は徒花』で、ついに判明。音次郎は見事に仇を討った。

そしてもうひとつが、音次郎が生きているのではないかと疑う、浜西晋一郎の件だ。若輩者ながら気持ちのいい若者の晋一郎は、父親を殺して捕まった音次郎の生存を疑いながらも、しだいに主人公に肉薄していく。ただし、こちらの件も前作『問答無用亡者の夢』で、一応の決着を見た。

さて、前置きが長くなったが、いよいよ『問答無用　孤影の誓い』である。重要なサブ・ストーリーにケリをつけた作者は、この最新作で、意外な方向にシリーズを引っ張っていく。石出帯刀が囚人を悪人退治に使っていることを知った目付・関口勘右衛門が、出世のための手柄にしようと、音次郎たちの周辺を嗅ぎまわり始めたのだ。まとわりつく尾行者の影に、不穏な空気を感じだした、音次郎ときぬ。さらに勘右衛門の父親が雇った浪人者たちの襲撃を受け、からくも撃退したものの、きぬが攫《さら》われてしまった。

誰が、なぜ、きぬを攫ったのか。帯刀との連絡役である吉蔵と繋《つな》ぎがとれないことに疑惑を抱きながら、すでに夫婦同然のきぬを取り戻すため、音次郎は捜索を始める。たまたま知り合った、女軽業師のお藤の協力を得ながら、浪人一味に迫っていくのだった。

いままでの作品が、帯刀の命《めい》による悪人退治を中心にしていたのに対して、本書は音次郎の存在そのものが事件の中心となっている。自分の命に代えてもきぬを助けると誓う音次郎は、わずかな手掛かりをたどり、愛する女の行方を追っていくのだ。その一方で、攫われたきぬは、音次郎のために、気丈な振る舞いを見せる。従来のシリーズで育まれた男女の絆をクローズアップしながら、ヒーロー自身の事件を描き切ったところに、本書の面白さがあるといえよう。

それにしても佐久間音次郎、いい男である。もともと文武両道の人物であったが、思いもかけぬ有為転変を経て、その人物像には深い陰影が刻まれたようだ。たとえば本書で、音次郎と吉蔵が語る場面。


「こんなときにいうことじゃないでしょうが、旦那といると、妙に落ち着くんです」

「………」

「旦那はあっしのような男でも、分け隔てがない。……たいていの者は白い目で見るか、避けるように逃げるし、話しかけても返事もしません。ところが、旦那は別だ。あっしのような人間でもまともに付き合ってくださる」


どうだろう。たったこれだけのやりとりだけでも、音次郎の人柄が見えてくるではないか。相手の身分や立場に関係なく、どのような人か、その本質を見抜く。そして誠実には誠実を、情けには情けをもって、一個の人間として付き合っていく。シンプルゆえに難しい人間関係の極意を、音次郎は身につけているのだ。単に強いだけではない。人間としての魅力も溢れている。そんな主人公が本書では、感情を露わにしながら、激しい闘いに身を投じるのだ。すでに音次郎に惚れきっているシリーズのファンとしては、彼の怒りや焦燥に共鳴しながら、ページをめくることになるのである。

また、ストーリーの運びも瞠目《どうもく》すべきものがある。帯刀が不要になった自分たちを始末しようとしているのではないかという疑惑を抱き、どんどん気分的に追い詰められていく音次郎の様子。女軽業師のお藤の使い方。連絡役の吉蔵が、姿を見せなかった理由。これらの要素を巧みに配置して、物語をスピーディーに展開させていくのだ。冒頭からラストまで、ダレ場なし。一気読みの面白さなのである。

もちろん迫力満点のチャンバラ場面も見逃せない。本書には何度か斬り合いのシーンが登場するが、なかでもクライマックスの一対一の対決シーンがいい。東軍流の遣い手である音次郎は、恐るべき強敵と対峙。月下で死闘を繰り広げる。その名場面を、作者はこう書いている。

雲が払われたらしく、また月光が射した。

庭で対峙《たいじ》する二人の姿が、その光のなかに浮かび上がったその刹那《せつな》、両者は示し合わせたように俊敏に動いて、互いの体を交叉《こうさ》させた。

まるで一幅の絵を見るかのような、優れた描写ではないか。こうしたチャンバラ場面と出会うことも、シリーズを読む楽しみになっているのである。
本書の騒動は、とりあえず収束したが、すべてが解決したわけではない。新たな因縁が結ばれ、そこから次のドラマが生まれそうだ。また、音次郎・きぬ・吉蔵の三人も、新天地に足を踏み出すこととなった。本書で転換点を迎えたシリーズは、これからどこに向かうのか。ドキドキワクワクが止まらない。〝問答無用〟の面白さを与えてくれる、シリーズの今後に、さらなる期待を抱いてしまうのである。

二〇〇八年十月

本書は２００８年11月徳間文庫として刊行されたものの新装版です。

徳間文庫

問答無用
孤《こ》影《えい》の誓《ちか》い
〈新装版〉

2019年8月15日　初刷

著者　稲《いな》葉《ば》稔《みのる》
発行者　平野健一
発行所　株式会社徳間書店
東京都品川区上大崎三—一—一　〒141—8202
目黒セントラルスクエア
電話　編集〇三(五四〇三)四三四九
　　　販売〇四九(二九三)五五二一
振替　〇〇一四〇—〇—四四三九二
印刷　製本　大日本印刷株式会社

ISBN978-4-19-894488-9　(乱丁、落丁本はお取りかえいたします)